대한문 ... 문집

들꽃처럼

제 3 집

존경하고 사랑하는
대한문인협회 서울인천지회 문우 여러분!

뜨거운 성원과 관심 속에 지회동인지 “들꽃처럼 3집”을 발간하게 되어 매우 기쁘고 감사합니다.

“들꽃처럼 1집” 발간 6년 후인 2015년에 “들꽃처럼 2집”을 발간할 때만 해도 이렇게 빨리 3집을 낼 수 있으리라 미처 생각하지 못했는데, 2017년 “들꽃처럼 3집”을 발간하게 되어 지회장으로서 자부심과 기쁨이 더욱 큽니다.

서울인천지회는 100여 명의 문인들이 화합 속에 왕성한 활동 중이며, 서로를 존중하고 아껴주며 우정과 사랑이 넘칩니다.

대한문인협회의 연 4회 정기행사 외에도 연 6회 지회행사로 봄소풍, 시낭송회, 가을 문학기행, 시낭송 및 문학 강연 등을 하고 있습니다.

지난봄 협회 행사의 지회별 장기자랑 대회에서 우리 지회 창작으로 훈민정음과 대한민국의 역사를 요약한 대서사시 “서울의 북소리” 제목의 연극을 공연했습니다. 혼연일체로 연습하고 멋지게 공연하여 관중들의 뜨거운 박수갈채를 받았습니다. 열정적으로 하나 된 모습은 서울인천지회의 자랑이 아닐 수 없었습니다.

“시가 익어가는 7월” 주제의 시화전은 때마침 쏟아지는 비에도 아랑곳하지 않고 많은 문우님이 달려 나와 시화를 설치한 덕분에 많은 관객과 함께하며 시낭송회를 성황리에 마무리하였습니다.

시화 철수 당일에도 동트기 전부터 달려와 환한 모습으로 일하는 문우님들의 모습은 너무나 감동적이었습니다.

일일이 호명하지 않아도 자신을 드러내지 않고 지회를 위해 물심양면 애써주시는 문우님들 덕분에 순조롭게 동인지 "들꽃처럼 3집"을 출간하게 되어 감개무량합니다.

(사)창작문학예술인협의회 / 대한문인협회를 이끄시는 김락호 이사장님께 감사드리고, 편집을 위해 함께 애써주신 문익호 기획국장님, 임미숙 총무국장님의 노고에 깊은 감사를 드립니다.

앞으로도 서울인천지회는 함께하시는 모든 문우님과 운영진들의 열정적 헌신과 노력에 힘입어 무궁한 발전을 거듭하리라 믿으며, 저 또한 지회 발전을 위해 열정을 다하는 지회장이 되겠습니다.

서울인천지회 지회장 김정희

* 목차 *

* 목차 *

* 목차 *

* 목차 *

시인 가혜자

인천 거주
대한문학세계 시 부문 등단
(사)창작문학예술인협의회 회원
대한문인협회 서울인천지회 정회원

들꽃처럼 (동인지 제3집에 부쳐)

가혜자

시인은 시인은
저 들에 핀 들꽃이오
이름 없어도 빛이 없어도
어두운 곳 그늘진 곳
길모퉁이 외딴 곳
허허벌판 메마른 대지
가리지 않고 피어난다오
북풍한설 눈밭에서도 피어나고
폭풍우에 쓰러져도
다시 일어서서
꽃을 피우는 들꽃이오
낮아지고 작아지고
위로하고 위로받고
세상을 아름답게 채움 하며 설레임 주는
들꽃처럼
시인은 시인은
저들에 핀 들꽃이오

버들강아지 편지(1)

가혜자

강섶에 반짝이는
은빛 햇살처럼
하늘하늘 손짓하는
은빛 바람처럼
가지가지 피어나는
은빛 날개처럼
송긋송긋 솟아나는
은빛 봉우리처럼
오손도손 이야기하는
은빛 가족처럼
복실복실 복스러운
은빛 강아지처럼
그대여 오세요
봄을 찾아 나를 찾아

꽃편지(2)

가혜자

꽃잎 소반에
예쁜 들꽃 올려
편지를 씁니다
기쁨 들꽃
사랑 들꽃
행복 들꽃 동봉하여
꽃가루로
우표를 그리고
송진으로
편지를 봉하여
시냇물 우체통에
편지를
띄웁니다

아침이슬

가혜자

새벽을
넘어 넘어
구슬신 신으시고
사뿐사뿐
오시었네
호수 같은
그대 눈동자
해맑은 미소
만나는 아침
드디어
세상과 하늘과
조우하노니
구슬신 사라진대도
매일매일
그대 찾아
오십니다 그려

양귀비꽃

가혜자

세상 부귀 권세
너는 너는 가졌구나
농염한 너의 자태
이름 없는 들꽃들
눈이 부셔
아래로 아래로
내려보지만
황홀한 그 모습
아슬아슬
가인을 유혹하누나

시인 곽종철

서울 강동구 거주
대한문학세계 시 부문 등단
(사)창작문학예술인협의회 이사
(사)과우회 정회원 및 이사
(사)한국기술경영연구원 연구위원
(사)실버넷뉴스 기자(시민사회부장)
국립과천과학관 전시해설사
서울강남구자원봉사센터 교육봉사단 강사 등
<저서>
제 1시집 : 마음을 흔드는 잔잔한 울림
제 2시집 : 물음표에 피는 꽃
<공저>
동반의 여정 / 유화에 시의 영혼을 담다
현대시를 대표하는 특선시인선(2012~2016년)
들꽃처럼(2집) 등 다수
<산문집 공저>
과학기술선진국을 이룬 숨은 이야기
과학의 미래 / 봉사는 사랑을 싣고 등 다수
<수상>
대한문인협회 올해의 시인상
우수 문학상 / 한국문학예술인 금상
베스트셀러 작가상 등 다수

귀담아들을 이야기

곽종철

돌고 돌지 않으면
인생길이라 할 수 없지.
앉아서 보면 십 리요
서서 보면 천 리라.
뒤돌아보지 않아도
앞뒤가 훤하다고 큰소리치지.

강물이 흘러 바다로 가듯
사랑은 내리사랑이고
나이 먹으면 어린애 되고
힘없고 가진 것 없으면
뒷방 늙은이 신세란 걸
왜 진작 몰랐을까.

오늘도 다람쥐 쳇바퀴 돌 듯
아침 해가 뜨면
공원 둘레 길을 돌고 돌다
해 질 녘에는 집으로 돌아가
홀로 밤을 지새우고 나면
또, 아침에 둥근 해가 뜨겠지.

넋두리

곽종철

확 뚫린 고속도로에
차들은 마음껏 달린다.
그 차를 타고 달릴 때처럼
답답한 가슴도 뚫렸으면 좋겠네.

천마를 한끝 치켜세우는 사람들,
막힌 혈관을 뚫어 준다며
소주 한 잔 참고 천마 드시면
백 세까지 두 발로 걷는다네.

씨줄 날줄이 엉키고 얽혀
불통, 불통 또 불통이라며
거품을 물고 발악을 하는데
이런 불통을 낫게 할 약은 없소.

하늘에 먹구름이 몰려오네.
곧 소낙비가 쏟아질 것처럼
천둥 번개라도 쳐 뚫어주고
빗물로 씻은 세상 그려보네요.

내 마음의 섬

곽종철

그리움을 가득 안고 달려간 섬,
듣고 싶은 이야기를 다 해줄 것 같고
잠자코 있어도 무엇이든 들어줄 것 같네.

온갖 아픔과 시련을 씻어 줄 섬,
마음에 쌓인 회포(懷抱) 다 털어놓아도
엄마처럼 포근하게 다독여줄 것 같네.

바다에 누워 맛나게 시를 쓰는 섬,
파도 소리에 아픔을 달래고
갈매기 몸짓에 외로움을 달래는구나.

세월이 지날수록 인연이 깊어질 섬,
파도가 지나간 흔적은 절경으로 가꾸고
모래만큼이나 자갈만큼이나 사연도 많아
그대 곁에 머물고 싶어 오늘도 서성이네.

산새 소리

곽종철

산새들이 나무 뒤에 숨은 채
파랗게 물든 싱그러운 소리로
어찌나 반기는지
내 머리가 정말 맑아지네.

때로는 굵직한 소리로
때로는 애처로운 소리로
달래고 어루만져 주니
내 쉴 곳은 정말 여기다 싶네.

찾아와 고개만 갸우뚱거리는 산새,
눈 맞춤하고는 홀연히 떠나더니
무슨 사연 전하려고 암수가 함께 와
목청껏 소리를 질러대는구나.

바람도 시샘이나 한 것처럼
나뭇가지를 흔들어대며
어찌나 반기는지
날아갈 듯 가벼워지는 마음
그 속에 내가 있으니 즐겁구나.

세상을 품는 미소

곽종철

비바람이 불고 눈보라가 쳐도
언제나 잔잔하게 머금고 있는
그대의 미소는 몇백 년 동안
바위처럼 한결같구려.

화나고 슬픈 사연을 전해도
몸과 맘에 아픈 사연을 전해도
있고 없고를 가리지 않는
따듯한 그 미소는 변함이 없구려.

웃는 듯 마는 듯한 모습에
스스럼없이 친근해지고
온화하게 미소 짓는 얼굴에
만나고 싶은 사람 만난 것처럼
편안해지는 내 마음.

그대 미소로 전해주신 뜻을
진실한 불자처럼 알 리 없지만
제자리로 돌아가는 길을 깨달아
참으로 행복하구려.

시인 길상용

서울 출생
서울 강남구 거주

2004년 대한문학세계 시 부문 등단
(사)창작문학예술인협의회 회원
대한문인협회 서울인천지회 정회원
대한문인협회 서울인천지회 지회장 역임
대한시낭송가협회 시낭송가

현대시를 대표하는 특선시인선 선정

<저서>
시집 "천생연분" (2012년)

돌쟁이

길상용

어둠에서 빛으로
빛은 온 누리에 열리고
사랑의 열매 하나 맺히더니
어느덧 잘 익은 축복의 시간 – 꿈만 같구나

꼬물꼬물
방긋방긋
행복 속에 처음으로 마주 선 간택의 시간
명주실 마패 붓 엽전 등 덜퍽진 돌상
무얼 잡을까
고사리 예쁜 손에 미래가 달려있다네

색동저고리에 꽃고무신 곱게 차려입고
반짝이는 두 눈 예지로 가득 차니
바라보는 가족·친지 눈 속엔 사랑 꽃 활짝 핀다

돌쟁이 – 돌잡이 하니 넘치는 행복과 환한 웃음
무엇을 잡든 벅찬 미래는 모두의 희망이니
우리가 꿈꾸는 밝은 세상
'함께 만들어가자꾸나 아가야'

2017.1.13. 권서율 헌정 詩
* 덜퍽진 = 푸지고 탐스러운 (순우리말)
* 돌쟁이 = 첫돌이 된 아이

기 타

길상용

부드러운 여성 특유의 매혹적인 곡선과
굵직한 야성을 함께 지닌 그대는
차분한 음색과 때론 격정적인 화음까지
모두 담아낼 수 있는 천상의 목소리를 가졌다

높고 낮은 여섯 가지 팽팽한 현(絃)은
무미건조할 수도 있는 삶의 도돌이표에
신선한 느낌과 물음표를 동시에 던지며
짧고 긴 울림으로 화답한다

음표가 허공에서 춤출 때면
세상사 백지 위에 그려지고
나의 청춘 스케치는 채워지니
널 만난 후 나의 작은 인생은
건조한 고독마저
하나의 하모니로 완성되어간다

그대 있으매
힘겨운 세상살이 위안을 주고받으니
내가 짊어지고 가야 할 삶의 무게

가벼움도 무거움도
우리 함께 나눠 갖고 가자꾸나
비록, 그것이 가난한 영혼의 울림일지라도.

재래시장 (한줄시)

길상용

있는 것도 있고
없는 것도 있어
흥정이 펄펄 살아 숨 쉬는 그 곳.

화양연화 花樣年華

길상용

사랑이란 것이 어쩌면
영원히 미완성이며 불안정한 미래라면
아침 햇살에 곧 사그라질 새벽이슬처럼
소멸되기 전 가장 아름답고 영롱하게 빛나야겠지

벚꽃은 봄을 알리는 가장 화려한 서막일지라도
활짝 피어 자태를 한껏 뽐내는 것만큼
시들어 버리는 것도 한순간
곧 기억에서 사라져 버린다
그러나 봄은 여전히 흐르지 않는가

운명적인 사랑을 거부하면서도
가슴으로는 참사랑의 강한 전율을 느끼는
모순 된 아름다움의 극치

아시는가
나를 온통 뒤흔들어놓은 지금 그대 모습이
순수 그대로 절정의 화양연화임을.

화양연화(花樣年華) : <인생에서 가장 아름답고 행복한 순간>을 표현하는 말

시인

길상용

시인이란 나에게 어떤 존재인가
내게 나를 묻는다

막막하다
이것이다 곧게 말할 수 없음에
밀려드는 암담함과 부끄러움이
왈칵 몰려온다

적막에 젖은 눈이
갈증을 본다

투명한 햇살이
어제 다른 오늘인데
헛세월 올곧게 뻗어온 의문이
스멀스멀 지난 시간 묻는다

가식과 군더더기로 뭉친 언어는
죽은 시일 뿐
참신한 시어詩語의 씨앗 뿌려
아름다운 서정으로 희망의 새싹 틔운다면
껍질뿐이 아닌, 존재의 뿌리가 될 수 있을까.

시인 김기월

강원도 홍천 출생
서울 성북구 거주
대한문학세계 시 부문 등단 (2015년 6월)
(사)창작문학예술인협의회 회원
대한문인협회 서울인천지회 정회원

<2016년>
좋은 시 선정 / 노인
금주의 시 선정 / 냉 만둣국
현대시 백 주년 기념행사 시화전 선정
경기도 양평역 시화 "양평역" 게시
인천시청역사내 시화 "바람도 잠이 든 시간" 공모 당선 게시
대한시낭송가협회 시낭송가 5기 졸업
대한시낭송가협회 시낭송가 인증서
대한문인협회 한국문학 발전상
<2017년>
명인명시 "특선시인선" 선정
특별초대시인 시화전 선정
제7기 대한창작문예대학 졸업
문예창작지도자 자격 취득
대한창작문예대학 졸업 작품 경연대회 동상
순우리말 글짓기 공모전 동상

하얀 눈물 꽃

김기월

매화 꽃송이만큼 눈물 되어 터져 오릅니다
겹겹이 무장되었던 눈물 둑이 무너져 내리고
서러움의 눈물이 흐릅니다.

당신의 하얀 속살처럼 뽀얀 솜구름이
그리움으로 달려올 줄 몰랐습니다.

눈꽃인지 눈물 꽃인지 애달픔으로 흩날리고
당신이 두고 간 자리가 못이 되어
그리움의 벚꽃 언덕을 오릅니다.

삭제하지 못한 전화기 속에
당신의 목소리가 듣고 싶은데
손잡고 걷는 모녀의 뒷모습에 통곡합니다.

저세상 끝에서 흐르는 눈물
하얀 눈물 꽃으로 내게 오셨나요
당신이 보고 싶습니다.

제목 : 하얀 눈물 꽃
시낭송 : 박영애
스마트폰으로 QR 코드를 스캔하면
시낭송을 감상할 수 있습니다.

바람도 잠이 든 시간

김기월

해거름 때에
미루나무 사이로 해가 걸리고

바람도 잠이 든 시간
노을이 머물다 가네

은빛 금빛 강물에
누치가 하늘로 솟구쳐 오르고

바람이 노닐던 자리
임의 꽃 같은 향기 전하니

고운 그대 미소
바람을 깨운다.

양평역

김기월

기차는
마음을 싣고
푸른 하늘을 가르며

들판을 가로질러
풀꽃 향기 가득한
양평의 품속으로 달려갑니다.

연밭에 피어난 향기 설렘으로 다가오고
널따란 들판 위 자전거는 신바람을 냅니다.

하늘과 강물이 친구 되고
남한강과 북한강이 흐르다 만나는 곳

산모퉁이 돌아
이름 모를 꽃들에
싱그러운 산들바람으로
다가와 인사를 하면

목 길게 빼고 그리움이 마중 나오는
양평역으로 기차는 바람처럼 달려갑니다.

그 남자의 가슴엔 우렁각시가 산다

김기월

메마른 가슴엔 잡초가 자라고
논바닥처럼 쩍쩍 갈라진 마른 가슴이
아프게 헤집고 나와 쓴웃음을 짓습니다.

언제부터인가 빈 가슴에
우렁각시 하나 살게 해달라는
하늘에 바라는 소원

허허로운 마음에
물컹물컹한 사연들이 가을 햇살에
한 줄기 빛으로 여물어 달립니다.

그 남자의 가슴에 우렁각시는
상념의 바다 깊이 찾아들어
아름드리 예쁜 방을 만들었습니다.

헛헛한 가슴에
단물 같은 사랑 비가 내리고
그 남자의 가슴엔 우렁각시가 삽니다.

제목 : 그 남자의 가슴엔 우렁각시가 산다
시낭송 : 김기월
스마트폰으로 QR 코드를 스캔하면 시낭송을 감상할 수 있습니다.

고장 난 심장

김기월

갑자기 발작을 일으키듯 가다 멈추기를 반복하고
심장 가운데 박힌 초침이 늘어진다.

삐딱하게 오른쪽으로 가다
다시 왼쪽으로 미친 듯이 돈다.

빡빡하게 감겼던 태엽이 후루룩 풀려서
털털거리고 머리가 흔들린다.

진실과는 멀어진 불신의 늪
자전과 공전이 멈춘 듯 어둠 속에 휩싸이고

뼈가 녹는 아픔처럼
내일로 가는 세상은 없다고

나사 풀린 시계가
둔탁하게 돌아가다 시간을 삼켜버렸다.

시인 김만석

인천 거주

대한문학세계 시 부문 등단
(사)창작문학예술인협의회 회원
대한문인협회 서울인천지회 정회원

대한민국 서화대전 입선, 특선다수
한중일 동양화공모대전 특선, 우수상 다수
(현)한국화 화가 작업실 경기 여주 흥천 외사리

발길 닿지 않는 산수

김만석

늘 함께하고픈
그대 그리운 날

혼탁한 세상에 기대앉은
초라한 모습을 두고

형상 없는 마음 하나
그대에게 달려갑니다

늘 그곳에서
한결같은 마음으로
넉넉한 향기 품고

두 팔 벌려 반겨주는
어머니 품속 같은 그대에게
둥실 떠갑니다

세상일 힘들어
쓸쓸해지는 날
그대에게 달려갑니다.

덧없는 세월

김만석

그 무엇이 드리워놓았나
알 수 없는 신비의 새벽

내 작은 영혼 부스스 잠 깨어
산새 노랫소리 맑은
오늘을 마신다

청량한 아침이슬 생기 돋는
이름 없는 들꽃처럼

혼탁한 내 작은 마음 밭에
또 하나의 세월을 심어보자.

알 수 없는 세월

김만석

세월 베고 길게 누운
천년바위
그 앞에 내가 앉으니

지나온 세월
슬픔인 듯
즐거움인 듯
아쉬움만 가득하네

어디로 가나
어디로 가야 하나
알 수 없는 세월이여
어찌할 수 없는 세월이여

그 무엇이 우리를
데려왔다 데려가는가

바람아
너는 아느냐
우리네 가는 그 길을

세월아
너는 아느냐
영각에 이르는 그 길을.

설익은 하루

김만석

물안개 걷히는 여명의 아침
늘 푸르게 서 있는 청송의 아침이
또 하나의 새날을 맞이한다

어젯밤 내린 장대비에도
묵언 묵답으로 한결같은 청송은
또 하나의 새날을 맞이한다

그 곁에 흔들리는 마음 하나
하루를 열어간다

연한 바람에도 몸짓하는
갈대와 같이

작은 소리에도 두 눈 동그래지는
설익은 하루를 시작하려 한다.

행복한 아침

김만석

나의
아침이 행복한 것은

앞뜰
만개한 꽃들이 있어
행복한 것이 아니고

들녘
새들의 노랫소리가 있어
행복한 것이 아닙니다

곱디고운 그대의 환한
미소가 있기 때문입니다

사랑을 녹여서
타 주는 따뜻한 커피가 있고

나란히 앉아
하루를 설계하는
그대가 있어
내 아침은 참 행복합니다.

시인 김명시

서울 성북구 거주

(사)창작문학예술인협의회 회원
대한문인협회 서울인천지회 정회원
대한문인협회 서울인천지회 홍보국장

2015년 대한문학세계 시 부문 등단
2016년 한국문학 향토문학상
2017년 현대시를 대표하는
"명인명시 특선시인선" 선정

마음

김명시

사람을 잡으려면 마음을 잡으라고 해서
그분에게 끌려 마음을 잡으려 달려갔더니

그 임의 마음이 깨끗이 비어져 있고
잡아챌 건더기라고는 하나도 없기에
잡지는 못하고 바라만 보고 왔어요

돌아와 거울에 비친 내 마음을 바라보니
내 맘도 텅 비어 아무것도 보이질 않네요

마음이 끌리는 건
그 마음에 비어있는 여유가 있어서인가?

여유로운 마음을 바라보니
내 맘도 깨끗이 치워진 걸까?

아하
마음이란 건 잡는 게 아닌 거야
그저 바라보고 느끼고 함께 하는 거야

마음은 공기처럼 있는 듯 하다가도 없는 듯 보이고
자유로운 숨결처럼 고르다가도
거친 숨결처럼 벌떡거리다

그리운 임의 마음을 만나면
내 맘도 깨끗이 치워지고 비워지는 거야
마음은 그러한 거야

제목 : 마음
시낭송 : 박태임
스마트폰으로 QR 코드를 스캔하면
시낭송을 감상할 수 있습니다.

작은 별과 큰 별

김명시

어두운 밤
시골 소녀의 꿈을 싣고
하늘에서 내려오는
한 줄기 빛
별똥별을 가슴에 품었습니다

시나브로
장년 나그네 노을 뒤에 우뚝 서서
길어진 그림자 땅거미 밝혀 주는
두 줄기 빛 비추니
초신성 항성을 마음에 담습니다

유성이 흐르고
시인의 마음을 사로잡는 항성이 있어
여정이 가벼워집니다

우리 살아가는 길
별이 있어 위로되고
빛과 같은 벗이 있어 든든합니다
아름다운 인생입니다

누렁 빛

김명시

추위에 움츠린 삭풍의 날에
생명의 틔움을 망각의 저편에 두고서

수묵화의 담백함에
세상 시름을 던져 놓은 여백에도

누렁 빛이
주렁주렁 열렸어라

봄

김명시

입춘대길이라고 해서
설레는 마음 안고 봄나들이 나서려니
바람도 차고
빈 주머니에 쪼그라드는 손 오므려집니다

동행하는 건양다경이란 단짝 친구 옆에 다가와
여보게, 좀 춥기로서니 그리 움츠리고만 다니면 쓰겠나 하면서

우리 다정히 어깨동무하고 활기차게 나서면
여기저기서 새싹처럼 돋아나는 희망과 경사스러운 일들이
만복래하며 달려들 테니

어깨도 펴고
움츠린 손도 활기차게 흔들며
봄 맞으러 가자고 합니다

새봄
새로운 거 보고 싶은 마음이 울렁이는
봄이 문을 열었어요

몸은 춥지만
코끝에는 이미 향긋한 꽃향기가 살랑거리는 듯합니다

우리 함께
봄 맞으러 가요

대길하고
다경과 함께
우리 봄 맞으러 가요

기다림

김명시

참나무통 속 포도주
한 해 두 해 해가 갈수록
귀한 임과 인연을 바라는 마음
깊어만 가네

오랜 기다림에 하나씩 또 하나씩
보랏빛은 사라져 가고
신비의 만남 기다리네

참나무통 속 핏빛 포도주
세상의 거친 소리 들리지 않는
카이로스 시간에 드네

누구를 위한 타임머신이 될까
죽어서 천 년이 흐르고
2천 년이 흐르는 동안

참나무통 속 포도주
지난해 한 통 올해도 한 통
해가 갈수록 향이 다르고 맛도 다르니

무아지경의 도취에 들어
임과 하나로 동화되는
오크 향 붉은 감촉

임께서 함께하시니
너의 이름은 카이로스!

시인 김문

서울 거주

대한문학세계 시 부문 등단
(사)창작문학예술인협의회 회원
대한문인협회 서울인천지회 정회원

훗날 너에게

김 문

언젠가는 그 언젠가는
삶의 계절에 여름이 찾아오면

푸르른 천국의 문턱에
나도 낙화 된 하나의 꽃잎 되어
소리 없이 떨어질 때

식어버려 싸늘한 잎일지라도
바싹바싹 마른 잎일지라도
네 곁에, 네 옆에 내렸으면 좋겠다

내리며 내리면서
가슴에 손을 얹고 묻고 싶다

너처럼 꽃으로 피었던가
너처럼 향기를 풍겼던가
너처럼 별로 반짝였던가

낙엽 진 자리에

김 문

장마가 지던 날
들녘은 아픔이 사무쳐
탁류에 모대기는 물고기처럼 괴로워했다

핏덩이를 내뱉는 극심한 고통
엄마를 불러 보고 싶었다
세포마다 바늘에 찔리는 극형이던가

가는 바람 어이 잡으며
오는 구름 어이 막으랴만

불공처럼 사정하고 기도처럼 애원해도
물은 흘러가더이다

썰물이 물러간 텅 빈 자리에
혹 진주라도 있지 않을까
작은 들풀이라도 사랑하며 살아야겠다

홀로 핀 꽃

김 문

해님은 하나라도 맑은데
달님은 하나라도 밝은데
둘 아닌 그림자는 왜 어두운 걸까

해님이라면 외로운 줄 몰랐을 테고
달님이라면 적막하지 않았으련만
해도 아니고
달도 아닌데

창에 매달린 빗방울
가람신으로 절을 지켜 주리라 믿었는데
낮이 되니 바람에 실려 가고

뒤뚝거리는 펭귄 새 마냥 잘도 간다
냇물은 외롭지도 않나 봐

빨간 앵두 알 누가 주워 갑니다
임자가 없는 듯이, 임자가 없는 듯이
남은 잎사귀 그리움에 웁니다

새벽달

김 문

야위어 갑니다
야위어 갈 겁니다
당신이 없어서
당신이 오지 않아서

하얗게 닳아서
겨울눈이 된다 하여도
비껴든 그림자 어찌 지웠겠습니까

식지 말라고 밤낮 지피는 불길
반갑지 않은 빗방울에 스러져 갑니다

아침이 되도록, 아침이 되도록

강물은 바다가 먹고
구름은 하늘이 먹고
허리처럼 마음도 휘어졌습니다

무정세월

김 문

핏덩이로 빠끔히
햇살을 보는 순간부터
내 한 몸을 이리 핥고 저리 핥고

쉴 새 없이 한 점 한 점
샅샅이 물어뜯어 갔다

개미가 뼈다귀 갉아 먹듯이
장마진 강물이 언덕을 뜯어 가듯이
나는 야수의 먹이가 되어 버렸다

허리와 관절을 한 대 치고는
손발을 뜯고 두 눈을 찌르고
마지막 숨을 몰아쉴 때는 목을 조인다

그렇게 그렇게
나는 죽는 날까지 할퀴었다

시인 김선옥

충남 당진 출생
인천 강화 거주

2011년 대한문학세계 시 부문 등단
(사)창작문학예술인협의회 회원
대한문인협회 서울인천지회 정회원
한국문인협회 회원

<저서>
함지박 사랑
바람개비의 꿈
詩 꽃처럼 옹알이로 피어나다
세 글자

벚꽃

김선옥

강화도 고려 궁지 앞마당
해마다 이맘때면
상춘객을 불러놓고
연회를 베푼다

꽃잎
뜰 안 가득
나비 떼처럼
물결 일렁이듯 파도타기 시작하고

행여, 밟힐세라
뒤뚱뒤뚱
까치발 들고 걸어가는 아가도
앙증맞은 한 마리
나비일레라

오지항아리

김선옥

배꼽이 툭 튀어나온
일곱 살배기 순배는
불룩한 배
거무튀튀한 얼굴
헐렁한 바지에 띠를 둘렀다

폐허 한구석
세월이 가도 주문에 걸린 듯
지킴이처럼 앉아 있는 그 곁에
숨바꼭질하던 누이
엄마의 하얀 앞치마도
주름 파인 할머니의 얼굴도 보인다

몽돌

김선옥

변산반도 바닷가엔
동자승 훈련장이 있다

피부색, 얼굴은 달라도
오직 한마음
아제 아제 바라아제
수천수만 까까머리 동자승
어설프게 목탁 치는 소리

천명인 듯
열병식의 사병처럼 흐트러짐 없이
참선 수행은 끝이 없다

압력밥솥

김선옥

수다스럽지만
틈을 보이지 않는 여자
속없이 다 내어주기도 하는
착한 여자
완주를 목표로
마라톤 선수처럼 결승점을 향하여
지칠 줄 모르고 달리는 여자

중간 역에 다다르면
콩콩 뛰며 부산을 떠는 여자
그러다가 눈물을 훔치며
고함을 지르다가 잦아들어
가까이 다가오게 하는
매력 있는 여자

취~익.
풍년 역 종점에선
꼭! 마침표를 찍는
사랑스러운 여자

봄동

김선옥

긴 겨울
더는 참을 수 없었는지
텃밭을 엿보다
여기저기 푸른 똥 싸 놓았다

요즈음, 푸른똥 요리는 세프들의 로망
식욕부진 발기부전 특효라는데
구수한 된장국 한 그릇이면
팔구십 세 할머니
쭈그렁 조롱박 같은 젖통이 탱탱해지고

깨소금 고춧가루 얼버무린
겉절이 한 접시면
팔뚝이 불끈 솟는 특효라며
고사한 나무처럼 말라붙은 등가죽도
물오른 버들 같아진다는 입담으로
동네방네 소문이 자자하다

시인 김연식

강원도 영월 출생
인천 거주

대한문학세계 시 부문 등단
(사)창작문학예술인협의회 회원
대한문인협회 서울인천지회 정회원

이별

김연식

봤소!
벌 쏘인 개구리 혀
고통에 창자 다 토하는 꼴

내가 그렇소
임과 이별 후
오장육부 도려낼 두려움
울 수도 없소.

슬픈 보름달

김연식

내가 바라보는 보름달은 슬피 운다
그물에 걸린 고기 마냥
몸부림치며 푸덕인다

내가 왜 이곳에서 달을 볼까
조금만 더 걸어갈걸

달에 온몸을 휘감은 전깃줄은
저 달을 놓아주려 하지 않는다

내 삶에 연결고리처럼
오늘
내가 바라보는 저 달은
너무 슬프다.

그리움

김연식

만날 수 없다는 그리움은
뼛속까지 아리다
아프다기보다 더 고통스러움
그것이다

내가 원한 것도 아니지만
이곳저곳 아픕니다
영혼마저 버리고픈 아픔

떠난 그 사람은 태양을 찾아
떠났지만
나는 더 깊은 암흑 속으로 빠지는 듯
온 세상이 칙칙하고 암울합니다

끈적거리는 그리움은 거미줄처럼
나의 모든 생각을 옭아맵니다
이제는 떠나야겠습니다
자유를 찾아

매처럼 높이 창공을
표범처럼 들판을
유람선에 몸 실은 저들처럼
그대에게서
자유로운 돈키호테가 되어야겠습니다.

함께 할 수 없다는 것에 대하여

김연식

아침에 눈을 떠
하늘을 바라보고 푸른 숲길을 걸어봐도
슬픕니다

귓가에 들려오는 새소리 바람 소리에도
슬퍼집니다

어디선가 애잔한 노랫소리가 들려올 때면

두 눈엔 어느새 뜨거운 눈물이 흘러내립니다

향기롭고 아름다운 꽃을 볼 때면
그대에게 보여주지 못함이 더 슬퍼지고

냇가에 흐르는 물을 볼 때면
그대에게 졸졸대며 흐르는 아름다움을
함께하지 못함에 가슴이 아려옵니다

슬픔에 젖어 흘린 눈물이

어느새 옷섶 앞을 흠뻑 적시였습니다

오늘은
밤하늘 저 달도 나와 함께 슬퍼하나 봅니다
저 달도 눈물이 그렁그렁한 걸 보면.

그리운 임아

김연식

안개 낀 산허리 작은 길
그대와 거닐며 함께 지나온
추억들 비 오는 봄날
빗방울 수 만큼이나 수없이 많아
헤아릴 수가 없습니다

나무 한 그루, 풀 한 포기
풀벌레, 바람 소리, 돌부리까지
당신과 추억 속에
함께하지 않은 것들이 없습니다

걸음 한 폭마다 흐르는 눈물이
주르륵 흘러 옷 앞섶을 적십니다
바람은 휘~잉~ 산허리 돌아
내 눈물 뿌려
조그만 제비꽃 한 송이 피웁니다

내 임은 지금 무얼 하는지
나의 모든 오감은 아직도
임 그리워 애처롭게 눈물만 쭈르륵
한 방울 떨어뜨립니다.

시인 김영길

충남 부여 출생
서울 구로구 거주

대한문학세계 시, 수필, 소설 부문 등단
(사)창작문학예술인협의회 회원
대한문인협회 서울인천지회 정회원
<수상>
2016 한국문학베스트셀러작가상
2016 한국문학예술인 금상
대한문인협회 금주의 시 선정
대한문인협회 낭송시 / 우수작 선정
2017년 순우리말 글짓기 공모전 장려상
<저서>
제 1 시집 : 자연은 천심이다. (2016. 1월)
제 2 시집 : 사차원 공간 (2016. 4월)
제 3 시집 : 순리의 역행은 죽음의 길(2016. 9월)
제 4 시집 : 보석 같은 순결(2017. 7월)
제 1수필집 : 하나님의 아들딸은 죄를 짓지 않았다.(2016. 11월)
제 1 소설집 : 강림의 꽃 (2017. 2월)
제 2 소설집 : "천도문" 의인의 기적(2017. 5월)

꽃이 되고 싶다.

김영길

내가 꽃이라면 좋겠다.
나를 보면 아름답다
예쁘다 향기를 맡아주며
행복해하며 즐거워하니까

꽃에서 품어내는 향긋한 향기
달콤한 향기 아름다운 순결
신성한 향기 꽃다운 소녀같이
청순하고 맑고 아름다우니까

아름다운 장미꽃은 너무 고와서
얼굴은 비단같이 부드럽고 꽃 중에 꽃
가시덤불에 피어 있어도 아름다운
미모에 이끌려 가시는 보이지 않으니까

날마다 보면 볼수록 아름다운 꽃
내가 꽃이라면 정말 좋겠다.
꽃에서 내 뿜는 사랑의 향기
마음도 편안하고 세상 사람들이
꿈속에서 꽃 본 듯이 좋아하니까

제목 : 꽃이 되고 싶다.
시낭송 : 박영애
스마트폰으로 QR 코드를 스캔하면
시낭송을 감상할 수 있습니다.

배꽃

김영길

하늘에서 선녀들이 내려와
배나무에 앉으셨나 봐

배나무 가지마다
하얀 비단옷을 벗어
놓으셨나 봐

산새들아 들새들아
지저귀지를 말아라.
선녀님들 떠나가실까 봐

선녀님의 귀한 발걸음
너무 기뻐서 노랑나비
호랑나비도 춤을 추는가 봐

배꽃이 떨어지고 춤을 추던
나비들이 떠나면 선녀님들
하늘나라로 가시는가 봐

백합화

김영길

이른 아침 둘레길 백합화 만발하고
바라보는 내 눈에 눈동자 빛이 나고
순백색의 청순한 순결한 백합화야
사랑받기 위하여 백색을 택했느냐

네 꽃에서 풍기는 향기는 달콤하고
시골처녀 순박한 숨결과 같이하고
비단같이 고운 살 백색의 순결함이
깨끗하게 햇빛에 반사돼 찬란하다.

백합화야 얼굴도 마음도 부드럽고
사랑받는 사랑의 모습이 만면하고
활짝 웃는 새 아침 인사에 소녀같이
숨김없는 소녀의 마음을 펼쳤구나!

가시밭에 넝쿨 속 네 몸이 있다 해도
그 가시는 백합의 빛살에 감춰지고
아름다운 새하얀 백합의 화려함이
꽃 중에 꽃 백합화 꽃잎이 황홀하다.

낙엽

김영길

청록색 짙은 잎새 가을이 되니
찬바람 파고드는 스산한 바람
나목을 곁에 두고 떠나는 낙엽
깔끔한 초록의 향 어디 갔느냐

한없는 푸른 꿈이 영원치 못한
찬바람 된서리에 우수수 떨며
힘없이 떨어지는 가엾은 낙엽
회오리바람 따라 하늘로 간다.

혹독한 겨울바람 막을 수 없고
쓸쓸한 가로수의 마른 잎들도
수액이 고갈되어 목이 마르고
처절한 천한 모습 안타깝구나!

나무는 살기 위해 잎을 버리고
잎사귀 땅바닥에 낙하하는 날
가련한 신세 되어 한탄하는데
소리쳐 불러 봐도 대답도 없네!

도자기를 바라보며

김영길

도공(陶工)의 혼과
정성이 함축된
예술의 가치가
흙 속에 담겨 수 천 도의

장작 가마에서 살아남은
아름다운 도자기는
만인 앞에 사랑받는
인물로 변하였건만

인간은 흙만도 못한
가치 없는 보잘것없는
인생의 흔적만 남긴 채
수 천 도의 고열에서

이승의 온몸을 불살랐건만
한 줌 골분의 재가 되어
균으로 사라져 가는구나!

시인 김영일

1972년 경남 하동 출생

대한문학세계 시 부문 등단
(사)창작문학예술인협의회 회원
대한문인협회 서울인천지회 정회원

길 따라 가는 길

김영일

물은 물길 따라가고
바람은 바람 길로 간다네

인간은 마음 길로 가서
인연 길과 만나네

인연 길 따라가서
마음 길로 다시 만나네

스쳐가는 인연은
스쳐가도록 놓아두자

만나고 헤어지고
헤어지고 만나서
길 따라 가는 길

바람 같은 사람들

김영일

내 널 기다려서 무엇 해
내 널 미워해서 무얼 해

네 마음이 바람 타고
멀리 가고 있는 걸

잡히면 바람이 아닐 거야
움켜쥔들 빠져나갈 바람인 것을

너도 바람처럼 왔다가
바람처럼 가지만
나도 바람처럼 왔다가
바람 되어 간다.

너와 나
우린 모두 바람 같은 사람들.

봄날

김영일

산에 꽃이 피네
들에 꽃이 피네

가슴 아리게 기다려온 계절
봄이다.

그리움은 그리운 대로
시간이 흘러가면 더 깊은
그리움으로 올지라도
그리운 대로 놓아두자

봄날 꽃바람이 나를 유혹하나
매화 향에 이미 취해
봄인 줄 모른다

거북이의 꿈

김영일

다시 걸어가는 거야

일어나 툭-툭 털고

빠르지 않아도 돼

거북이처럼
엉금엉금 기어서라도 뭍으로 가자.

엉금엉금 가더라도 바다로 가자.

유성

김영일

저 달이 휘영청
달빛은 별빛에 묻혔다.
쏟아지는 유성은 잔잔한
하늘을 수놓는다.

뱀처럼 길게 늘어진다.
반짝 긴 포물선을 그리며 떨어진다.
날개가 없다.

또 하나의 별이 지는구나.
수많은 군중 속의 나도 떨어진다.

내 마음도 떨어진다.
닭이 운다. 별이 숨는다.

시인 김영환

서울 거주

대한문학세계 시 부문 등단.
(사)창작문학예술인협의회 회원
대한문인협회 서울인천지회 정회원

봄 비

깊은 밤 봄비 소리
창문 밖에 고운 님

혹시나 반가움에
그리운 맘 님 마중

애탄 가슴 부비면
굵은 눈물 떨구네

미련한 자의 독백

김영환

인생을 사는 일은 길을 가는 것과 같다
비가 오는 날은 비를 맞고
눈이 오는 날은 눈을 맞고 걸어가리라

필요한 길이면 우산을 준비 할 일이며
출입을 계획하여 근심을 없앨 일이다
오는 비에 젖지 않을 도리가 없으며
불평한다고 오는 비가 멈추지 않는다

마음이 형편을 앞서가면 마음을 비울 일이며
마음이 편치 못하면 형편은 고통이 될 일이다
마음은 내 것이니 내가 결정할 일이며
형편과 처지는 내 것이 아니니
내가 어찌할 일이 아니다

아! 어리석은 것이 우리들이다
내 것이면서 마음대로 하지 못하고
내 것 아닌 것을 내 것인 양 품고 살다니
누구도 날 아프게 할 수 없다
날 아프게 할 자는 오직 나 자신 뿐이다

걸어가다 몹시도 아픈 어느 날이 오면
병원 갈 상처가 아니면 스스로를 돌아보고
내 미련하고 어리석음을 탓할 일이다.

너를 생각하면...

김영환

어느 날 스며든 아침이슬
입가에 번지는 미소 나만의 달콤한 초콜릿

향 깊은 아메리카노
비처럼 음악처럼 새콤달콤 샐러드
향기를 팔지 않는 초춘 매향
아름다운 나라에 내리는 봄비
내 안에 비워둔 마음 한 자리

부는 바람 흘러가는 구름
노을 진 산사의 풍경소리
참 고운 인연

쉴 수가 없어
자꾸 생각나서 보고 싶어서

내 안에 수 만 송이
꽃을 피워 놓은 사람

별이 빛나는 밤
가슴 떨리는 설레임
슬프고 행복한 기다림

이별정한 (離別情恨)

김영환

가도 아주 가지는 않겠습니다
그대 눈길 머무는 곳에
그리움 새긴 낙엽 몇 장은 남겨 두겠습니다

못다 한 그리움에 목이 메이면
겨울비 오는 밤 가로등 젖은 불빛으로
그대 창에 머물다 가겠습니다

가로등 불빛이 별빛에 스러지고
주인 없는 도시에 차가운 밤이 오면
앙상한 그대 발아래 말없이 잠들겠습니다

도시의 시간을 집어 삼킨 미친바람에
흔적 없는 먼지로 찢겨 사라진다 해도
푸르던 날의 빛나던 기억은 잊지 않겠습니다

언 땅 먼 가지 끝에 새 물 오르고
그리움이 키워낸 햇살 가득한 날
그대 고운 인연으로 만날 것을 약속합니다

그대 내 마음의 詩人

김영환

그대 생각에 눈을 뜨는 아침은 설렘
입가에 미소가 번지는 새 날의 아침은
하루의 生氣를 가져다줍니다

아침을 여는 香 깊은 한 잔의 커피
그대 눈빛이 녹아든 달콤함
내 하루가 즐거운 이유입니다

그대와 함께하는 나의 하루는
하늘이 되었다가 구름이 되었다가
바람이 되었다가 마침내 행복한 詩人이 됩니다

그대 생각에 눈 뜨고
그대 그리움에 잠드는 밤
그대는 내 마음의 詩人이십니다

지친 나그네의 노을 지는 저녁
하루의 수고가 위로받는 詩人의 밤

그대와 떠나는 꿈의 나라는 天國입니다

그대를 생각하면
내 마음은 벌써 한 편의 詩가 됩니다
그대는 정녕 내 마음의 詩人이십니다

봄비 내리는 밤

김영환

아름다움의 나라에 봄비가 내려요
아름다움의 나라에 어둠이 내려요

내리는 봄비가 마음을 적셔요
설레는 내 마음의 그리움을 적셔요

내리는 어둠이 마음을 감싸요
상처 입은 내 마음의 그리움을 감싸요
깊어가는 어둠이 여명에 밀려가고
밤새 울어 지친 봄비 잦아들면

어둠은 새 날 아침의 밝은 빛이 되고
상처 아문 그리움은 사랑이 되어
아름다운 아침 나라에 새롭게 태어나겠죠

무지개 햇살 가득한 날
사랑 가득 미소 가득한 그대 모습 꿈꾸며

아름다움의 나라에 봄비가 내려요
아름다움의 나라에 어둠이 내려요

시인 김정애

서울 동대문구 거주
한국방송통신대학교 국어국문학과 졸업

대한문학세계 시 부문 등단
(사)창작문학예술인협의회 회원
대한문인협회 서울인천지회 정회원

2017년 순우리말 글짓기 공모전 동상

<공동시집>
2009「현대시를 대표하는 특선시인선」
2009「커피와 비스킷」
2011「봄빛 초대장」

비익 연리

김정애

비익조
날개가 하나라 하여 슬퍼 마오.
나 또한 그러하니
그래도 그댄 함께 날 수 있는 짝이 있지 않소.

비목어
눈이 하나라 하여 슬퍼 마오.
나 또한 그러하니
그래도
그댄 함께 헤엄칠 수 있는 짝이 있지 않소.

연리지
그댄
참 좋겠소
죽음까지 불사하며
하늘의 허락하심을 받아
하나가 되었으니 말이오.

갱년기

김정애

지천명에 찾아온 불청객
소리 소문 없이 살금살금 다가왔다.

하루에도 열두 번 식은땀과 오한
내칠 수도 없지만 받아주기도 힘들다.

길손처럼 지나가면 좋으련만
누가 반긴다고 내게 찾아와
동무하잔다.

봄은 꽃구경 오라 손짓하는데
내 친구 갱년기는 내 발목을 잡는다.

여자만의 숙명, 순응하며
그래 까짓것 그냥 친구하자 친구해!

대신 살살 얌전히 있다 가다오
나도 기꺼이 내 몸의 일부로 받아줄게

담쟁이

김정애

설레다 너를 만났다.
이리 반가운 것을
이리 즐거운 것을
알았더라면 알았더라면
주저하지 말았어야지

우린 참 바보 같았다.
너도 그렇고 나도 그렇다.
보기만 해도 웃음이 나고
보기만 해도 즐거운 것을
너와 나는 담쟁이

서로 좋아 놓아 주지 못해
얽히고설키는 운명인 것을
가을이면 불타는 열정으로
농익은 사랑을 하자

우리 이제 담쟁이가 되자
나는 너에게 너는 나에게
서로의 힘이 되는
담쟁이가 되자

갯버들과 봄 처녀

김정애

봉긋하게 수줍은 듯 얼굴 내민 너
강아지처럼 보드라워 버들강아지

어릴 적 너의 모습 너무 귀여워
화병에 한 아름 꽂아 놓았지

옛사랑 버들피리 꺾어 불던 곳
그 임은 어디에서 무얼 하는지

그때가 그리워 실개천 찾으니
갯버들 너는 없고 선버들 가득

지금도 여울목 그곳에 가면
날 반기며 살랑살랑 꼬리 치겠지

홍랑 언니 임 가실 때 꺾어 보낸 너
나도 꺾어 임에게로 보내고 싶다.

봄의 전령 갯버들 소박한 너를
나도 닮아 포근한 봄 처녀 되리

수선화

김정애

호숫가 다붓이 고개 숙인 수선화
수줍은 듯 아닌 듯 보일 듯 말 듯
연못가 사랑에 만취한 그대

여보세요! 나르시스 님
당신을 사랑하는 제가 왔어요.
저의 사랑을 받아 주세요.

에코의 사랑을 외면한 그대
꽃 향 실은 미풍이 찾아와도
목소리 명랑한 꾀꼬리가 와도
자신만을 사랑한 자아도취

여보세요! 수선화 님
전 이제 당신께 갈 수 없어요.
당신이 저의 사랑을 외면해서요.
전 메아리가 되었거든요.

시인 김정희

대한문학세계 시 부문 등단
대한문인협회 서울인천지회 지회장
대한문인협회 상벌 위원장 (전)

<수상 및 경력>
2014년 대한문화예술인 금상
2015년 올해의 시인상
2016년 특별공로상
2016년 현대시 100주년 기념 특별초대 시화전 참가 외
2017년 대한창작문예대학 7기 졸업
대한창작문예대학 졸업 작품 경연대회 금상
<공저>
2015년~ 2017년 명인명시 특선시인선 3년 연속 선정
2015년 특별 초대 시화집 "유화에 시의 영혼을 담다"
동인문집 " 들꽃처럼 2집 " 외 다수
2017년 대한창작문예대학 졸업 작품집 " 비포장길"

심로

김정희

검푸른 하늘 휘영청 한 달빛에 마음 잠겨
떠가는 조각구름에 애잔한 심정을 걸어 놓고
심드렁한 기분 구름 사이로 파도타기 한다

시향을 찾으려 밤새 낡은 노트를 뒤적여도
마음을 열어 주는 시 한 편 짓지 못한 채
동녘엔 어느새 여명의 바람이 차갑다

세파에 찌든 애처로운 영혼이여
감동이 없으면 그저 덮어 두면 될 것을
어쩌랴 밤새 애꿎은 시절만 탓하였다.

이별의 선물

김정희

은은한 달빛 감미로운 유혹에
암술과 수술의 향기로운 정사
하얀 치맛자락 풀어 놓았다

꽃이 져야 열매 맺는 엇갈린 숙명 앞에
한 잎 남김없이 다 내려놓으려
가지마다 너울너울 손을 흔든다

사랑이 피고 지는 뜨락엔
우수수 떨어지는 하얀 배꽃이
바람에 하염없이 날리고 있다.

인동초

김정희

늘 푸른 잎으로 겨울 담장을 지켜도
제 몸 하나 지탱할 수 없어
무리 지어 얽히고설켜
남의 가지 붙들고 하늘 향해 올라간다

발길 붙드는 향기에 뒤돌아보니
철삿줄처럼 메마르고 꼬인 덩굴의
마디에 핀 꽃잎이 향기를 내며
실바람에 간들거리고 있다

차례로 피는 두 송이 꽃은
족두리 쓰고 시집가고 싶던
전설 속 금화 은화 쌍둥이 자매의
슬픈 넋인가 보다

꽃과 향기 다 내어 주고도
제 몸 바쳐 남의 병 고치는 명약이 되니
인고의 고통 속에 피어나는 금은화
널리 베푸는 사랑의 인연 꽃이 되었다.

두견화 연정

김정희

따사로운 햇살 겨울잠 깨우고
실바람의 속삭임에 부끄러워 붉어진 얼굴
어여쁜 봄아씨 살며시 고개 돌린다

연두저고리에 다섯 폭 분홍치마 차려입고
비녀로 한껏 멋을 내더니
실바람 장단에 어화 둥실 춤사위 펼친다

풋풋하고 달보드레한 보랏빛 입맞춤
알싸함에 현기증이 난다

아름답고 슬픈 전설을 간직한 꽃잎의 노래
아리랑 아라리요 내 사랑 두견화야
파르르 떨리는 가슴에 꽃불이 탄다.

내 마음의 연둣빛 우체통

김정희

인생이란 참으로 알 수 없는 것

언제나 따스한 봄날 같으면 좋으련만
원치 않는 회오리바람에 휩싸이거나
뜻밖의 행운도 얻게 되는 한 편의 드라마 같다

역동적인 모습으로 앞만 보며 질주하다가
운명의 파도에 휩싸여 주저앉아 울기도 한다

때로는 외롭고 쓸쓸하지만
훈풍에 달콤한 사랑도 다가오는 것

미처 발견하지 못한 뜻밖의 행운을 위해
마음의 지경을 넓히고
삶의 여백을 채우기 위해 새 붓을 든다.

시인 김진희

인천 거주

대한문학세계 시 부문 등단
(사)창작문학예술인협의회 회원
대한문인협회 서울인천지회 정회원

<공저>
텃밭문학회 시화집 텃밭9호

너에게 가는 길

김진희

길 잃어 헤맨 여정 뒤로 하고
하얀 그리움 채워 줄
들꽃 향 가득한 너에게
타는 가슴 삭이며 걸어간다

목마른 사랑 조바심에 떠나보내고
차오르는 울음 애써 삼키던
참기 힘든 서글픈 통증 속에
나를 가두어 버린 나날들

끊을 수 없는 인연의 끈을 따라
그리움에 굶주린 기억은
햇살 가득한 들판에 서서
바람 소리에 귀를 세운다

가슴으로 듣는 너의 숨소리
박동은 점점 빨라져 가고
발갛게 달아오르는 심장
코끝에 와닿는 잊을 수 없는 향기

가슴으로 네가 들어온다

촛불

김진희

흐르는 눈물에
슬퍼하지 말아요
그늘져 어두운
그대 아픔 지우려 함이니
흐르는 건
눈물이 아니랍니다
그대를, 그대 슬픔을 씻기 위한
내 마음입니다

타는 내 모습에
슬퍼하지 말아요
볼 수 없어 두려운
그대 안식 위함이니
타오르는 건
몸이 아니랍니다
그대를, 그대 행복을 밝히기 위한
내 사랑입니다

그대만을 위해 태어나
그대 행복을 위해
남김없이 주고 싶은
염원의 불꽃
내 사랑의 불꽃입니다.

회상

김진희

창 너머
밤새 내리는 비는
외로운 심사에
지난 기억을 불러온다

발그레한 얼굴로 반겨주던
함께 걷던 고운길

흔들리는 나뭇가지 사이로
흘러내리는 연분홍 슬픔

처연해진 아픔이
온몸을 파고들고
추위에 떨던 꽃잎
창백한 낯빛으로 변해진다

어느새
사라져버린 분홍빛 연정

아쉬운 기억의 조각들이
그림자를 드리운 채
그리움을 밟고 스쳐간다

부용화

김진희

부르다 지친 이름 하나 있다
끝 간데없는 그리움
화석처럼 굳어버린 목소리
용암보다 붉게 달궈져 갈라진
애달픈 용화여
메아리도 숨 멎어 주저앉는데
화구 속 타들어 가는 심금 어이하나
바람처럼 스쳐 가는 화륜(火輪)에
터져버린 오열로 밤이 잠긴다.

화륜(火輪): 태양을 비유적으로 이르는 말

하얀 바다

김진희

사무치는 그리움
침묵으로 가둔채
하늘만 바라봅니다

남은 인연 들어내고
내 작은 사랑의 뜨락에
자갈을 깔아놓았습니다

그대를 밀어낸
바람의 언덕 저 너머
성난 거친 파도는
못난 사랑을 치대고

애타는 그리움
하얀 포말로 부서져
갈 곳 잃어 서성입니다

바람이 지나간 바다
일렁이는 잔물결에
자갈이 빠져나갑니다
넓은 바다 품속으로

시인 김혜정

경남 사천 출생
서울 성동구 거주
대한문학세계 시 부분 등단
(사)창작문학예술인협의회 이사
대한문인협회 서울인천지회 정회원 / 부지회장
한국문인협회 회원
대한창작문예대학 6기 졸업
문예창작지도자 자격 취득
<수상>
2011년 제3회 미당 서정주 시회문학상
한비문학상 시 부문 대상한국문학비평가협회 문학상
한국문학 우수 작품상
대한창작문예대학 졸업 작품 경연대회 대상
<개인 저서>
제 1시집 "어떤 모퉁이를 돌다"
제 2시집 "먼, 그래서 더 먼"
<공저>
'유화에 시의 영혼을 담다'
'서울인천지회 "들꽃처럼1, 2" 동인
'동반의 여정'외 다수

우주(宇宙)

김혜정

한낮에 내리쬐는 햇살만 봐도
가슴이 울렁거리고
저만치 붉게 물드는 노을만 봐도
가슴에 환희가 차오른다

생명의 눈을 가진 나는
삶의 모든 순간을
추억으로 멈추게 하며
아름다운 봄이 찾아와 유혹하는
화려한 우주를 걸어 다닌다

벚꽃이 팝콘처럼 톡톡 튀는 거리
새로운 삶의 풍광을 좇아
조리개와 초점을 맞추고
미세한 심장박동 소리마저
일시 정지시킨다

벚꽃나무 아래 봄나들이 나온
아이들의 해맑은 표정이
내 눈 속에 들어온다

찰칵, 셔터를 누른다

사금파리

김혜정

가냘픈 어깨 위에
곱게 내려앉은 천 년의 꿈
진흙 속에서 백학 한 쌍
고요히 앉아 깃을 세운다

불가마니 속에서 싹티운 희망
바래진 달빛 아래
날을 세우고 앉은
차가운 시선이 슬프다

초라한 삶에 장막을 친
갸륵한 음영은 무언 속에서
은밀한 사랑을 갈구하다
깊은 수렁으로 빠져 몸부림친다

빗나간 절제의 공간 안에서
고뇌의 시간은 흐르고
모가 난 가슴에 칼날 스치는 소리
툭 떨어져 내리는 조각난 이별이다

창백한 기억

김혜정

달빛이 흥건히 젖어 내리는 밤
창백한 기억 하나가
꼬깃거리는 가슴을 펴고
바람 부는 한길에 홀로 앉았다

소소한 꿈 한 조각 펼쳐 들었던
지난날들은 어디로 갔을까
작은 흔적조차 찾을 수 없는
마음은 헛헛하다

나지막이 휘파람을 불어본다
깊은 밤 정적을 깨트리는 소리
창백한 시간 위에 드리워진
궁핍한 언어들이 입술을 깨문다

별을 닮은 여자

김혜정

길을 걷다가 흘깃 곁눈질로
유리창에 비쳐드는 모습들을 훑어본다

제법 당당한 모습의 한 여자가
늦지도 빠르지도 않은 걸음으로
세상을 유유히 걷고 있다

앞만 보고 열심히 살아온 세월
그만큼 욕심도 많아져서
매일 꿈의 창문을 닦으며
희망을 노래 부르는 여자

더 높은 곳을 향해 오르다가 가끔은,
슬픔을 만나고 울음을 만나기도 하지만
결국은 맑게 갠 밤하늘 위에
아름다운 별이 되어 빛나는
한 여자의 삶을 본다.

돌아가고 싶은 날의 풍경

김혜정

아득한 꿈길인양 들려오는
그 옛날
어머니의 물 긷는 소리와
아버지의 쇠죽 쑤는 소리가
웃도는 세월에 야윈 모습으로 남아 있다

별빛이 유난히 밝게 돋는 날
나는 낯선 거리를 걸으며
흐릿하게 떠오르는 추억 속을
타인처럼 기웃거리고
박꽃 같은 하얀 속살을 만지작거린다

물과 구름이 맑아
은하수처럼 빛이 흐르는 마을
가고 없는 시절 속에 피어나
너스레를 떠는 다정한 그리움은
돌아가고 싶은 날의 풍경이다

시인 김희영

서울 목동 및 강화군 거주

대한문학세계 시 부문 등단
대한문학세계 수필 부문 등단
(사)창작문학예술인협의회 회원
대한문인협회 발전위원장
대한문인협회 서울인천지회 정회원 / 감사

2016년 순우리말 글짓기 대회 대상 수상
2016년 한국문학 예술인대상 수상
((사)창작문학예술인협의회/대한문인협회)
아트 TV 명인명시를 찾아서 출연
명인명시 특선시인선 3회 선정
동인지 : 아름다운 들꽃 외 다수

개인저서: 시간 속에 갇힌 여백 출간
E-mail: kimheey19@hanmail.net

공원 벤치에

김희영

라일락 향기가 서성인다.
발끝에서 올라오는 향기의 전율은
피아노 선율을 끌어안고
그날의 푸른 교정으로 줄달음 친다.

라일락은 지천인데
하나인 듯 둘이었던
그리움만 발걸음에 서성인다.

그림내 아버지

김희영

삶의 무게에
젊음은 굽은 허리로 빠져나가고
등골까지 파고든 아비의 무게는
사냥터에서 짓밟히고
하얀 윤슬처럼 머리카락으로 반짝거렸다

켜켜이 쌓인 고단함마저
애오라지 술 한 뚝배기에 담아두고
한 뉘를 아버지로 살아야하는 사내의 삶은
가살날 나뭇잎처럼
샛바람에 날리어도
밝은 웃음을 가진 그리비였고
겨울날의 다온 햇살이었다

에둠길 돌아갈까
가온길 잊을까
곰비임비 한 아이들 걱정하는 마음으로
너렁청하고 다복다복한 곳으로
이끌어 주셨다

삶의 고단함을 느낄 때마다

다사샤 품속으로 파고들고픈

아직

가슴에 살아계시는

그림내 아버지는 겨울날의 한 줄기 빛이었다

져서도 오직 한마음 지아비를 우러른다네

---

*그림내 -내가 그리워하는 사람
*윤슬- 햇빛이나 달빛이 비치어 반짝이는 잔물결
*애오라지- 겨우, 오직
*한 뉘 - 한평생
*가살날 -가을날 (출처 : 월명사 제망매가)
*샛바람 - 동풍
*다온 - 따사롭고 은은한
*에움길- 굽은길
*가온길 - 정직하고, 바른 정 가운데
*곰비임비- 물건이 거듭 쌓이거나 일이 계속 일어남
*다사샤- 자애로운(출처: 충담사 안민가
*너렁청- 탁 트여서 시원스럽게 넓다
*다복다복- 풀이나 나무 따위가 여기저기 아주 탐스럽게 소복한 모양

* 대한문인협회 순우리말 글짓기 대상 수상 작품

제목 : 그림내 아버지
시낭송 : 박영애
스마트폰으로 QR 코드를 스캔하면
시낭송을 감상할 수 있습니다.

여정

김희영

어두움을
달리는 밤기차는
간이역에
추억을 내리고
지나치는
차창 밖의 시간은
돌아갈 수 없는
그리움이 된다

장미와 어머니

김희영

우리 집엔 담장이 없다
어머니의 권유로 돌담을 헐어 내고
오색장미를 심었다

덩굴장미를 올려 아치형 대문을 만드니
마당과 대청마루와 뜰이 꽃 대궐이 되었다

유난히 장미꽃을 좋아하시는 어머니는
장독대 가장자리와 앞, 뒤뜰에도
여러 가지 색깔의 장미를 모둠으로
심어놓고 가꾸시면서 어머니의 얼굴은
빨간 장미꽃이 되었다.

젊었을 때는 성정이 약간 까칠하셔도
아내의 매력은 톡톡 쏘는 가시라며
웃으시는 아버지 앞에 어머닌 열렬한
사랑의 대상이었으리라

붉은 장미 같은 마음을 나누는 재미로
사시는 어머니 세월이 지나 얼굴에
주름이 가득해도 매력만은 여전하시다

제목 : 장미와 어머니
시낭송 : 최명자
스마트폰으로 QR 코드를 스캔하면
시낭송을 감상할 수 있습니다.

시인 도성희

서울 관악구 거주

대한문학세계 시 부문 등단
(사)창작문학예술인협의회 회원
대한문인협회 서울인천지회 정회원
한국문인협회 회원

2014년 대한문인협회 특선 시인선 선정
2014년 대한문인협회 향토문학상
2016년 대한문인협회 한국문학 발전상
2016년 대한문인협회 순우리말 글짓기 공모전 동상
2017년 텃밭문학상

<공저>
텃밭문학 8호,9호
대한문인협회 서울인천지회 들꽃처럼 2집 외 다수

떠나가는 밤 배

도성희

해가 서녘으로 가며
점점이 하늘에 찍었던 얼룩도
이제 어둠이 다 먹어버렸다

시각을 대들보에 매어
그대로 잡아 두고 싶은 마음
간절한 기도가 되어도
가는 세월이야 어이 막으랴

엎어지고 고꾸라져가며
한 생을 굽이굽이
휘어지고 꺾어져 가며 흘러온 삶

물먹은 솜은 마를 날 없고
젖은 가슴은 강물이 되는데

해 저문 강가에 매어둔
쓸쓸하고 노쇠한 배 한 척
기적 소리도 못 내고 떠나야 한다

마지막 인생을 마감하며

빛바랜 일기장 속에

도성희

그것은 삶이었습니다
한 장에 담긴 것은
물에 잠긴 논으로 애간장 끓는

그다음 장에 담긴 사연
아들 서울 유학 보내고
노심초사하시는 어머님의 마음

시아버님 생신상 차릴 음식
장마 들어 마당에 둥둥 떠
모든 일이 허사라 허망했던 일

살짝 엿본 엄마의 삶은
한 장 한 장 넘길 때마다
한 편의 드라마가 펼쳐지는데

왜 몰랐을까, 엄마 맘을
세월 지나 이 나이 되니 이제 알겠네
긴 세월 겪어 오셨을 많은 사연을

마지막 기차를 기다리며

도성희

희뿌연 안개 드리운 역사
기쁨도 슬픔처럼 보이는
초라한 역사가 서럽게 서 있다

"이제 가면 언제 오나"
상여꾼들의 구슬픈 소리
환청으로 들으며 하늘을 본다

산다는 것 자체가 기다림
무엇을 기다리는 줄도 모르며
그럼에도 불구하고 기다린다

밤 어둠이 내린 여운 속에
하고많은 사람 중에 내가
어둠을 헤치고 휘청거리며 걷는다

고양이의 가르랑거림 목구멍에서 나고
기다림에 지친 일상
저 멀리 기적 소리에 멈추어지는 걸음

그대 아시나요

도성희

이제 감성도
서걱거리고 먼지가 풀썩 나는
남새밭 한 귀퉁이가 되었나 봐요

촉촉이 내리는 비가
유리창에 와서
나름의 수채화를 그려도
예전 같은 감정이 나지 않으니까요

그때 스카브로의 추억을 들으며
보랏빛 감정에 휩싸여
엮인 시선 풀지 못해
얼굴 붉히던 시절 있었던 것을

오늘같이 비 오시는 날
촉촉이 젖어 드는 가슴속에서
살며시 고개 들어야 하는데
그대 아시나요
그 감정마저 메말라 버린걸

삶이 그대를 속일지라도

도성희

그대 삶이 때로는
예기치 않은 방향으로 간다 해도
너무 실망하지 말아요

흐르는 강물도
때로는 바다로 흐르지 않고
지류로 빠져
누군가의 논으로 흐르는 걸요

바다로 가는 무의미함보다
가난한 농부를 미소 짓게 하는
농사에 보탬이 되는 것
얼마나 흐뭇한 일인지요

삶이 그대를 속일지라도
잠시 눈감아 주시기에요
그것이 때로는 전화위복이 되어
그대 인생 전환점 일지 모르니까요

시인 류중석

서울 출신
명지대 (문리사범대 국어과)
중·고교 국어교사

대한문학세계 시 부문 등단
(사)창작문학예술인협회 회원
대한문인협회 서울인천지회 정회원

명상

류중석

한줄기 햇빛이 방으로 들어와
슬그머니
내 곁에 비스듬히 서서
방구석에 처박혀 있던 상념들
조용히 스멀스멀 솟아오르게 하고
먼지 같은 화상들 끌어내며
해를 향해 창밖으로 줄줄이 둥둥 떠 나와
바람을 타고
하늘에 오르는
내 그림자들
하염없이 바라본다

가족의 깃발

류중석

한 땀씩 색종이 붙이듯
할머니 손이 쓰다듬으며 만든
조각보자기
한 세상 삶은
색종이 색깔보다 많은 우여곡절들
하나씩 이어가며 만든
할머니 일생

색깔 하나마다에
슬픔도 기쁨도 아픔도 사랑도 미움도
꼭꼭 채워 담아 놓았다
가족의 깃발이다

상사병

류중석

말라리아 병이 들었다
노란 키니네 쓰고 쓴 약 삼키고
두꺼운 솜이불 뒤집어쓰고도
여름이 겨울처럼 떤다
웅크린 몸이 먼지 되어 천장으로
둥둥 떠다닌다
끝도 보이지 않는 절벽 아래로
한없이 떨어져 간다
열을 내고 신음 같은 고함을 친다
그래도 하루는 멀쩡하다
오한은 하루걸러 오고
꼭 정오가 지나면 발작을 한다
고통을 돌아볼 수 있는
잔인한 휴식 같은 하루가 꿈같이 지나면
처절한 극한을 내가 만들고
내가 앓는다

봄비

류중석

연초록 새잎 핀 가지가
세우(細雨) 맞아 물먹은 채 주억거린다
손을 내밀어 받아낸
빗물을 연이어 자기 발등에 붓고 또 붓는다
창 너머 시린 겨울이 입김 몰아쉬면
겨우살이 버거워 희망마저 잃은 세월들
서러워 울고 있지
아직도 차기만 한 한줄기 바람이
물젖은 손으로 가슴을 더듬거린다

종일 내린 저녁에는 더욱
눈 가득히 어른거리는
곁을 남기고 떠난 사람들 그 때가
그리워
쓸쓸함 하염없이 흐르는 유리창 차가운 가슴에
그리는 무심한 흔적 외로워 운다

내일이면 우르르 솟아나는 새싹들
그것 때문에
이 밤엔 나무들 뿌리 깊이 잠들려나

고집

류중석

지치도록 걸어가라
타향에서의 저녁 무렵
외로움이 가슴을 사정없이 비워갈 때
한적한 길 먼 곳에
희미한 불빛 하나
고꾸라진 어둠 속
헤집고 가봐라
꼭꼭 뭉쳐진 자존심 하나
고단한 하루를 쉬고 있다

시인 문익호

서울 강동구 거주

이름 모를 들꽃

사실
나도 이름 있는 들꽃
다만
너도 내 이름 모를 뿐
괜찮아
맑은 햇살
산들바람
풀벌레와 친구 하는
나름 꽃다운 청춘이라네.

대한문학세계 시 부문 등단
(사)창작문학예술인협의회 회원
대한문인협회 서울인천지회 정회원 / 기획국장
2015년 향토문학상
2016년 올해의 시인상
2017년 한 줄 詩 공모전 동상
2017년 순우리말 글짓기 공모전 은상
<공저>
들꽃처럼 제2집 동인

5월의 숲 소리

문익호

5월의 숲 싱그럽다.
연초록 햇살 반짝이는 소리
아카시아 향에 봄바람 설레는 소리
사랑의 세레나데 행복한 새소리
경쾌한 계곡 물소리

숲 속 벤치에서
잠시 팔베개하고 망중한을 즐긴다.
편안한 숲 소리에 설핏 잠이 들고
오랜만에
어우러지는 소리 가득한
사람 세상 꿈을 꾸었다.

행복한 미소 지으며
설핏 잠을 깨니
반짝이는 연초록 햇살
나를 간지럽힌다.

바쁠 것 없이
흐뭇한 꿈 꼬리 물고
사랑의 세레나데
한 마리 행복한 새가 되었다

짝사랑

문익호

스치듯 가벼운 첫 만남
그때 내 영혼은
그 사람을 따라갔다.

사랑은
행복일까, 고통일까,
아니면 그저 바라보는 것일까

아침에 눈 뜨며 그의 생각
잠자려 눈 감아도 그 얼굴에 당황하지만
길가에 핀 꽃을 보고
아름다운 저녁노을 바라보면
그 속에 피어나는 그의 모습이 반갑다.

떠오르는 너
환하고 아름다워서
내 마음 이렇게 기쁜데
왜 내 가슴은 이다지도 저릴까

까만 밤하늘에
둥근 달님이 떠올라
너의 얼굴 환한 미소 짓는데
문득 바라보면 캄캄한 밤이야
가끔은 너의 친절한 모습 그리며
행복한 오해도 하지만
가끔은 오히려 너를 잊으려 해도
어느새 네가 그립다.

내 속마음 말을 못하고
나는 입술만 깨문다.

내 영혼이 너의 그림자마저 잃어버릴까 봐
이제는 너 없는 허전함
견딜 수 없을 것 같아

그래도
네 생각 할 때
나는 제일 행복해
그런데 나, 너무 힘들다.

어떻게 해야 주파수가 맞을까
오늘은 성능 좋은 라디오를 사 왔다.
저녁내 이심전심 주파수를 찾으려고.

제목 : 짝사랑
시낭송 : 김지원
스마트폰으로 QR 코드를 스캔하면 시낭송을 감상할 수 있습니다.

가을 달밤

문익호

컴컴한 방
팔베개하고 누우니
창밖에 보이는 둥근 달

노란 달빛
하얀 달빛
푸른 달빛이 퍼진다.

창밖에서
들이치는 달빛에
텅 빈 내 가슴 드러나고

놀라서 채울 것 찾아 두리번거리다가
고향
부모님 기억
그리운 갈증을 담는다.

나는 네가 좋아

문익호

시원 달콤한
아이스크림 손에 들고
둘이 걷는 저녁 강변길,
노을이 참 좋다

풋풋한 마음에
하늘하늘 강아지풀
그 촉감을 손바닥으로 느낀다.

황금노을이
내 마음 같구나 하니
내 마음은 황금물결인 걸 한다.

훅 불어와 안기는 강바람
정말 시원하다.

시인 박광현

서울 도봉구 거주

2013년 대한문학세계 시 부문 등단
(사)창작문학예술인협의회 회원
대한문인협회 서울인천지회 정회원

2014~2016년 시화전 출품
2015년 순우리말 글짓기 장려상
2015년 향토 문학상
대한창작문예대학 6기 졸업
문예창작지도자 자격 취득
대한창작문예대학 졸업 작품 경연대회 장려상
2017년 한 줄 詩 공모전 동상

<공저>
서울인천지회 "들꽃처럼"2집 동인
제6기 대한창작문예대학 졸업 작품집 "동반의 여정"

지금 배밭에는

박광현

4월의 어느 봄날
산등성이 배나무 과수원에
늦가을 서리라도 내렸는지

배나무 가지가지에
크고. 작은 하얀 모자가
예쁘게 씌워져 있어

과수원을 바라보는 피곤한 눈을
시원스럽게 해주고 있다
날 좋은 오늘은 배나무 밑에 앉아

벌. 나비의 유희나 바라봐야겠다

고백하는 날

박광현

입에 넣으면
달콤한 사탕
그 사탕으로 사랑을
고백한다네요

사탕을
받는 사람도
건네는 사람도
모두 달콤하겠죠?

전해주려 한 바구니
샀는데
그런데
전해 줄 그 사람이 곁에 없네요

그냥..
잘 보이는 곳에 걸어 놓고
그 사람 떠오를 때마다
한 번씩 바라봐야 할까 봐요

반달

박광현

동짓달
추위가 어지간히
추웠나 보다

추위에 떨다
웅크려
그 큰 보름달이
반쪽이 되었으니…,

사람만 추웠던 게
아니라
저 달님도 추웠었구나.

낙화(落花)

박광현

절로 지는 것도 서러운데
저 봄바람은 어쩌자고
가지까지 흔들어대며
고운 꽃잎 떨굴까

세상(世上)에 모습 보인지
며칠 되지도 않았는데
봄바람 시샘은 그마저도 허락지 않네

그나마 위안(慰安)이 되는 건
떨어진 꽃도 낙화(落花)라
이름 붙여 불러주니
그저 고마울밖에

바람이 붑니다

박광현

봄이 지나는 길 몫으로
아주 사나운
바람이 지나갑니다

사납게 불어오는 바람이
뿌옇게 머물고 있는
황사. 미세먼지 좀
싣고 갔으면 좋으련만

가로변에 심어 놓은
이팝나무를 괴롭히며
곱게 핀 꽃잎만 떨구고 있네요

늦은 봄에 피어
예쁜 모습 자랑도 못했는데...,

시인 박정재

서울시 구로구 거주

대한문학세계 시 부문 등단
(사)창작문학예술인협의회 회원
대한문인협회 서울인천지회 정회원

2015년 시 부문 신인문학상 (가을 그리움)
2015년 금주의 시 (연꽃에 붙여)
2015년 대한문인협회 인천지회 동인지
"들꽃처럼 제2집" 공저
2016년 명인명시 특선시인선 선정
2016년 "순우리말글짓기 전국 공모전" 동상
2016년 대한문인협회 "한국문학발전상"
2017년 명인명시 특선시인선 선정
2017년 "텃밭문학회" 동인지 "텃밭9호" 공저
2017년 순우리말 글짓기 공모전 동상

겨울 바닷가의 추억

박정재

겨울바람에 모두가 사라지고
오직 보이는 것은 몰려오는 파도
파도와 밀어를 나누는 조약돌
어쩌다 지나가는 나룻배 하나
쓸쓸한 겨울 바닷가의 추억.

그 언젠가 속 빈 주머니 덕에
겨울 바닷가 모래밭을 걸으면서
추억을 만들던 낭만의 그림
아직 내 가슴의 빛바랜 벽에
버리지 못한 채 걸려 있다.

파도가 밀려오면 물에 잠기고
파도가 지나가면 따라가려는 듯
이리 쏠리고 저리 쏠리는 모래들
그것들이 그려 준 길을 따라서
발자국 남겼던 겨울 바닷가에
남겨놓은 추억이 그리워진다.

고향의 풀 냄새

박정재

고향 떠나온 지 어언 반세기
지금 무논에는 모가 자라고
뒷동산에는 소나무꽃 피겠지

물오른 솔가지 속살 먹으며
땔나무 찾기에 바쁘던
그때 그 시절이 그립구나.

지게 짊어 메고 장단 치며
서투른 유행가 부르던 친구들
지금은 몇이나 남았을까

그때 그 시절 고향의 잔상들
그때 그 고향의 풀 냄새가
지금도 내 가슴엔 숨을 쉬는구나.

눈에 묻힌 산사 (山寺)

박정재

조용히 내리는 눈이
차곡차곡 쌓여서
길이고 논이고 밭이고
그리고 모든 길이
하얀 눈으로 온통 덮였다.

보이는 것들은 모두
어디론가 사라져버리고
움직이는 것 하나 없는
백색의 천지가 되어
겨울의 적막이 흐른다.

오가는 사람 없는
산사의 적막은 더하다.
새어 나오는 것은 목탁 소리
스님의 구성진 예불 소리
그리고 아무것도 없다.

목련화 연정

박정재

하얀 속살 내민 요염한 자태
이 모습을 보는 사람이면
아름답고 순박하지 않다고
그 누가 눈길 주지 않으리오.

창문도 가리지 않은 툇마루에
봄바람에 얇은 미소 지으며
그 뉘를 못 잊어 찾는 모습이
가련하게도 보이니 어쩌랴

이래서 미인박명이라 했던가
곱게 단장한 우아한 그 모습
땅 위에 떨어져 비틀어지니
몰골사나운 모습 안타깝구나.

황혼에 피어난 민들레꽃

박정재

사춘기 소년이 입으로 분
민들레 꽃씨 하나
사랑의 훈풍에 너울너울
사춘기 소녀의 가슴 속에
사뿐히 내려앉았습니다.

늙고 홀로 외로운 할머니는
옛날의 흔적을 뒤적이다가
아직도 피는 민들레를
소년의 설레는 마음으로
조심스럽게 만났습니다.

그 민들레는 말했습니다.
나를 불어준 소년을 찾아줘요
할머니는 간절히 기도했습니다.
그 기도의 응답은 실현되고
두 늙은이는 기적의 만남으로
황혼의 민들레꽃은 피고 있습니다.

시인 박진표

서울 거주

2016년 대한문학세계 시 부문 등단
(사)창작문학예술인협의회 회원
대한문인협회 서울인천지회 정회원

바람아 불어라

박진표

바람아 불어라
바람아 불어라
거침없이 쌩쌩 불어라
떨어지는 낙엽아 어디로 가느냐
바람 따라 훨훨 날아가다
개여울에 잠시 목축이고
너의 갈 길 가려무나
가다가 가다가 더 못가거든
조용히 잠들어 자연 품에 안기거라
생명은 순환하는 것,
아파하거나 아쉬워 말자
희망 실어 기쁨 실어
행복을 전해주는 행복 바람 되거라
불어라 불어라 행복 바람아
불어라 불어라 착한 바람아

희망 사진관

박진표

행복을 드립니다
희망을 찍어 드립니다

힘들고 지친 이들
꿈을 잃고 헤매는
모든 사람들 다 오십시오

가슴속의 잃어버린,
잠시 잊고 산
희망을 찍어 드립니다

아무리 지치고 힘들어도
희망 잃지 말라고
웃음 잃지 말라고

희망을 찾아 드립니다
희망을 찍어 드립니다

모두 모두 오십시오
여기는
우리 모두의
희망 사진관입니다

추억 속으로

박진표

생각난다
연분홍빛 하늘을 마시며
푸른 꿈을 계획하던
높고 푸른 하늘

진달래꽃 아카시아 꽃
따먹으며 함께 뒹굴고
숨바꼭질 자치기 구슬치기
딱지치기 계급장 따먹기 오징어 놀이...

어둑어둑 밤 오는 줄 모르고
하얀 밤을 함께 했던 그리운 동무들

엄니가 만들어준 푸른 꿈을 먹으며
오손도손 행복을 꿈꾸며 계획했던
그리운 옛 시절

비록
흘러간 옛 추억으로
내 가슴에 남았지만

오늘은
다시 그리운 시절 그리워
조용히 눈 감아 본다

투사

박진표

유혹과 인내가
가끔 씨름을 한다
이길까
아니면 눈 딱 감고 져줄까
나이가 들어도 갈등은 늘 푸른 청년
얄밉게 늙지도 않는다
오늘도 나는 그 갈등 속에서
열심히 싸운 투사가 된다
나를 지키는 내가 되어야지

마음의 별들아

박진표

마음이 우울할 땐
별을 찾는다

하늘의 별처럼
마음의 초록별을

반짝반짝 빛나는
생각의 꼬리들

개똥벌레 반딧불이
초롱초롱 춤춘다

빛나라 노래하라
마음의 별들아

어둠의 생각들
피어나지 못하도록

시인 백성섭

인천 거주

대한문학세계 시 부문 등단
(사)창작문학예술인협의회 회원
대한문인협회 서울인천지회 정회원

해당화

백성섭

아름답다
장미를 닮았으나 바닷가 언덕
다섯 꽃잎 이슬 먹고 피어요

모래바람에 피어나는 꽃
파도 소리 흔들려 가시 달고 살아요

눈 맞춤도 인연이라
꽃잎 지고 나면 그리움이
상처 되어 쓰리고 아리어
기다리는 마음
해당화를 아시나요

흰 꽃 이어서 별종이라지만
순수란 이름이고 싶어요

첨탑 아래 남산

백성섭

바람 불어 좋은 날
인천에서 한강 건너 산에 오른다

나무 향기 숲 사이 계단 따라
오르고 내리는 길 너무 다르니
세월 탓인가 오래전이라 그런가
산은 고요한데 탑을 보라 한다

전망대 구경하려는 이도
내리는 사람들 혼잡하다만

멀리서 보았던 서울 남산
높고 높으니 마음을 걸어 놓을까?

산 아래 둘러친 아파트 사이로
바람 촘촘히 많기도 하여라

솔 내음에 홀로 앉아 있으니
머무는 곳 동서남북 넓고 높아라

장미꽃 오월

백성섭

지난겨울 다시 여물어 피어난 꽃
함께 되어 입술로 오라 한다네

봄이라 따사로운 울타리 벗 삼아
붉은색 코끝 노란 분가루
장미 향 입맞춤 잊지 않아요

곱디고운 살결 내음 가시를 잃으셨나
아쉬워 돌아보고 또 보렵니다
향, 아름다운 장미 향수 오월입니다

살아 있다는 것

백성섭

삶이란, 천차만별이라 다르니
걸리고 넘어져 아파도 일어서
젖어 드는 빗속에 별을 헤아린다

생이란, 어제가 즐거워 보이고
오늘이 힘들어하다가
시간이 지나면 그날이 이날 인지라
한없이 분주하여 새롭기만 하다

생활이란, 어릴 때는 ㄱ,ㄴ,ㄷ 1, 2,3,4
젊어서는 직업과 사회와 갈등하고
나이 들어 언제였던가 추억이 되어
불로장생 기다려 겨울을 맞이하는가?

석류

백성섭

새순가지 봄바람에 입맞춤

여름날 빨간 꽃향기 여물어

알알이 가슴속 사랑 열리니

끝물 가시 겨울이 또한 지나가리라

시인 서수정

서울 관악구 거주
대한문학세계 시 부문 등단
(사)창작문학예술인협의회 회원
대한문인협회 서울인천지회 정회원
한국문인협회 정회원

<개인 저서>
하송정2길에

<공저>
우리들의 여백
들꽃처럼
베이비박스에 희망을 싣고 외 다수

민들레

서수정

한낮의 얼굴에선
밝은 빛의 광채가

오후의 얼굴에선
노을빛의 광채가

시간이
흐르는 대로
태양 빛을 닮는 너

오월의 산

서수정

연둣빛 햇살에
숲은 온통 찬란함으로
환희에 젖는다

졸졸졸
흐르는 물소리
새들의 지저귐 소리

오월의 산은
가슴에서 가슴으로
못다 한 사랑에 몸살을 한다

수 련

서수정

진흙탕 속에서도
맑은 향기를 내는 그대

하늘빛 아무리 고와도
그대의 빛깔만 못하고

내리쬐는 햇살보다도
그대 사랑이 뜨겁다네

둥근 잎을 피울 때
넘쳐나는 그대의 사랑

예쁘고 투명한 그대
나의 넋을 앗아가고

그림자를 쫓아 이쪽저쪽
어느새 하루해가 갔네

별똥별

서수정

별을 바라본다
별이 바라본다

밤하늘 가득찬
별들이 내려온다

초롱초롱한 이슬처럼
밤새 반짝반짝

별은 나에게로
나는 별에게로

새벽닭 울기까지
밀어를 속삭인다

꽃이라서

서수정

내가
꽃이라서
그대에게 줄 것이
향기밖에 없다

꽃은
금방 시들어도
향기는
오래 남아있을 수 있어

나는
꽃 대신
그대에게
향기를 전해준다

사랑이 담긴 향기를

들꽃처럼

시인 성경자

서울 금천구 거주

대한문학세계 시 부문 등단
(사) 창작문학예술인협의회 회원
대한문인협회 서울인천지회 정회원

2014년 나뭇잎 하나 (우수작 선정)
2014년 금주의 詩 선정
2014년 한국문학 올해의 시인상
2015년 순우리말 글짓기 공모전 장려상
2015년 대한문인협회 한국문학발전상
2015년 대한문인협회 명인명시 특선시인선 선정
2016년 좋은 시 선정 / 상처

<개인시집>
2017년 "삶을 그리다." 출간

시간 위에 삶을 그리다

성경자

아직 어둠이 걷히지 않은 새벽
나에게 또 하나가 길이 열리면
부딪히고 멍들어야 할 길에
마음 언저리에 파문이 일렁인다.

웃을 줄만 알았던 시간 위에
스산한 바람이 불어오고
빛이 바래도록 삶을 그리면
흰 여백은 한 편의 시가 된다.

어느새 찻잔이 비워지면
또 하루가 채워지겠지
오늘도 삶을 그리기 위해
시간 위를 흔들리며 살아간다.

제목 : 시간 위에 삶을 그리다
시낭송 : 김락호
스마트폰으로 QR 코드를 스캔하면
시낭송을 감상할 수 있습니다.

숲속의 여름

성경자

시리도록 푸른 하늘
눈부신 아침을 쏟아내고
보리수 열매는 점점 익어간다.

마음을 깨우는 초록의 향연
고요함의 적막을 깨는 종소리는
살며시 바람의 소리를 전한다.

뜨거운 땡볕 아래 굽이쳐 흐르던 여울
여름이라는 깊은 그늘을 드리우고
잊히지 않을 추억을 그려본다.

나뭇잎 하나

성경자

침묵이 잠자는 시간
나뭇잎 하나
기지개 켜고 일어난다.

일상 속에서
길을 잃고 방황하며
스스로 배우는 중이다.

더러는 찢기는 아픔도
더러는 사랑의 아픔도
더러는 떨어지는 아픔까지도,

바람 따라 날지 않아도 좋다.
모든 아픔을 배워야 하기에
오늘도 나는 방황한다.

상처

성경자

살을 에는 바람도
무섭게 내리는 장대비도
나는 견딜 수 있다.

처참히 짓밟히고
많은 비수가 등에 꽂혀도
나는 참을 수 있다.

한 발짝씩 내딛던 발걸음
잠시 더디게 나갈 뿐
나는 멈추지 않는다.

살면서 더한 고통도
견디며 살았기에
나는 자신을 믿는다.

제목 : 상처
시낭송 : 박순애
스마트폰으로 QR 코드를 스캔하면
시낭송을 감상할 수 있습니다.

그리운 어머니

성경자

가만히 두 눈 감고
모은 두 손이 떨림은
당신 향한 그리움입니다.

겨울 담장 너머
서릿발 되어 다가옵니다.

멈춰버린 당신의 시간
고장 난 시계추는
김 한숨만 허공을 떠돌고,

마음 가득 채웠던
당신과의 추억 모두
바람에 띄워 보내렵니다.

어머니
당신이 그립습니다
천국에서 편히 잠드소서

시인 안복식

충북 청주 출생
서울 동대문구 거주

대한문학세계 시 부문 등단
(사)창작문학예술인협의회 회원
대한문인협회 서울인천지회 정회원

<저서>
사랑이라 하더이다

내 가야 할 곳

안복식

오늘도
기다리는 마음 하나는
곱게 머리 빚은 맑은 눈의
어제 그 애를 닮았습니다

본 듯 아닌 듯
그날 또 그날같이
그리움에도 부서지지 않는
처마 끝 고드름을 닮았습니다

하얗게 흩날리는 눈
가지를 터는 솔 나무의 소스라침에
힘없이 바람에 의지할 때면
내 마음 승차권 없이 따라갑니다

목적지 없는 마음 서러워
멋쩍게 엉덩이를 털고는
하늘 올려다보지만
또 내가 가야 할 곳은 없습니다.

용의 겉옷

안복식

가진 것도 없으면서
검소함을 탓하고
아는 것도 없으면서
유식의 옷을 입으려 하네

거짓의 탈을 쓰고
속과 겉은 따로따로
거짓과 진실의 판단은
그대 몫이 아닐진대

보는 대로 갖고 싶은 맘
해탈의 마음 배운다면
있는 것도 없는 것도
새옹지마 아니겠소?

포장하기 좋아하는
막무가내 그네 삶아
마지막 용의 겉옷만은
훔치지를 마오!

그런 사람

안복식

굳이
볼일이 없어도
만나고 싶어 하는
사람이고 싶습니다

어쩌다 만나더라도
잡은 손을 놓치기 싫은
그런 사람 되고 싶습니다

이따금 전화를 걸어
그동안의 안부가 길은
그런 사람이고 싶습니다

시시때때로
만나고 싶다고
심심찮게 연락하는
그런 사람이고 싶습니다.

제목 : 그런 사람
시낭송 : 최명자
스마트폰으로 QR 코드를 스캔하면
시낭송을 감상할 수 있습니다.

분장도 싫네

안복식

어쩜 그건
변명과 타협 없는
욕심이겠지

시라는 이름으로
마음을 훑어 내리고
마침표를 찍었네

한번 또 한 번
눈길만 따라가고
진중한 마음 되고는 않네

먼 후일
부족한 글에
얼굴 붉힘 뻔할 양

타고난 글재주가
이것뿐인데
화장도 분장도 싫네.

제목 : 분장도 싫네
시낭송 : 박태임
스마트폰으로 QR 코드를 스캔하면
시낭송을 감상할 수 있습니다.

충청도 아줌마

안복식

그냥
빙그레 웃는
하얀 박꽃을 닮은 그이는
오늘도 어제처럼
하얀 이로 대접하고

고향 아줌마
떡 하나 건네던
그리운 얼굴 하나엔
충청도 아줌마
그네의 삶이 보이네

건넨 것은 없어도
받은 것 같은
너그럽고
후덕함으로 치장한
바라만 보아도 좋은 이

그가 살아온
내면의 삶은
어떠했을꼬
마냥 눈길 멈추는
충청도 아줌마여라.

시인 여남은

인천 거주

대한문학세계 시 부문 등단
(사)창작문학예술인협의회 회원
대한문인협회 서울인천지회 정회원

개망초

오월의 푸른빛을 몸소 안고
늦은 봄 속에 명랑하게 나신 되어

금빛 찬란한 존재의 각인되어
물오르더라
하찮아 괄시한 꽃.

능소화

여남은

들뜬 꽃잎 이슬 내려
담장 가에 곱게
늘어뜨린
능소화여

눈앞에 연분홍 꽃
하염없이 바라보다
슬픔에 눈물 뚝
자욱 남기고 가시었나

애푸릇 호박잎 살금
담장 오르고
초가지붕 위 하얀
조롱박 영글어 톡
떨어질 날에.

경화수월 鏡花水月

여남은

귓전에 울리는 그대 목소리
힘없이 토해내는 그리움
가득한 머나먼 그 길

수리부엉이 섧게 울은 밤
기인 밤 지새우니

젖은 어깨
섬섬옥수 파리한 모양

한 떨기 거울에 비친 꽃
투영 속 물에 비친 달이런가

한바탕 쏟아내는
신열의 비탄이여

끄덕끄덕 삼키는
속내의 울림 이여라!

가을 잎새 물든 밤

여남은

쓰르라미
울어 지친 깊은 밤
연민의 정
살며시 보내려 하고

옷자락에 겨우
붙은 그리움 되어
안겨 옵니다

이름 모를 풀벌레
풀빛 울음
새벽 한숨조차
벗이 되어 나지막이
부르면

문득
여미는 초가을밤
고요가 밤을 그리며
서정 속에서
잠 못 드는
그대의 품속 가까이
발걸음

시나브로 젖어 드는 밤.

사월의 노래

여남은

가는 나를 그냥 놓아주시게

화사한 꽃 보여달라 보채며
그리운 이 불러내어 꽃구경
실컷 하지 않았는가

들로 산으로 피어나서
그대들의 향기 내어주고
지나는 길 어여쁜 화관도 씌워 주고,
하얀 손 꽃반지도
서슴없이 드리지 않았는가

이뻐라 바라보더니
그대들의 기분에 따라
변심하여 더 어여쁜 꽃
찾으러 다니지 않았던가

이젠 나의 사명을 다 했으니 오월의 꽃에
그대들 맘 주시게

매달, 그대 위한 꽃 기다리지 않던가
벌써, 장미꽃 봉오리가 터질 듯 물오르고
백일을 눈 호사 주는 백일홍도 그대들을 위해
연둣빛 되어 뜨거운 태양 속에
온갖 것을 맞서고 서 있더구나

그대들의 꽃놀이에
먼 훗날 빛바랜 사진 한 장으로 추억을
미소로 남게 해주지 않았을까 하네

이제 나도 쉬 고르네

다시 보려면 쉬어서
그대들에게 내년 봄 인사하려네

성급히 가는 거 아니니
붙들지 마시게나

이래봬도 기다림을 주고는
가는 것이니 그냥 보내 주시게.

시인 오석주

인천 거주

2016년 대한문학세계 시 부문 등단 47기
(사)창작문학예술인협의회 회원
대한문인협회 서울인천지회 정회원

2016년 어느 겨울날에 사랑 (우수작 낭송시 선정)
2016년 가을 길 산책 (낭송시 선정)
2017년 금주의 시 선정 (희미한 거울 속)
2017년 특별 초대시인 작품시화전 (바람꽃)

<공저>
시와 글 텃밭 문학회 시화집. 9호 동인지

미세 먼지

오석주

뿌연 하늘을 보며
먼지에 뒤덮인
나뭇가지들
파릇파릇 새싹 돋아나고

뿌옇게 날리는
미세먼지 그 속에
꽃봉오리는 눈을 뜨려고
몸부림치며
사랑 담아 예쁘게 올라오네

언제 봐도 잊지 못하는
자연의 섭리
나는 그럴 적마다
그 누군가에게 물어본다.

살포시
내려앉자 울음소리 내는
새 소리 들으며
귀를 쫑긋 기울여 듣는다
미세먼지 속에서

오월의 향기

오석주

산과 들에 핀
하얀 아카시아 꽃
향기가 나풀나풀
찾는 이
반기고 향기를 안아본다

산길에 핀
아카시아 향에 취해
오솔길 따라 걷노라면
벌들의 향연에
내 마음도 춤을 춘다

석양에 해가
지는 줄 모르고
나는 당신의 향에 취해
꽃잎 따서 입 맞추면
그대의 미소는
나를 온전히 사로잡는다

너의 애교스러운
눈빛은 나를 반기고
당신의 사랑은
오월의 싱그러운 햇살과
아카시아 향으로
그대 곁에 영원히 머물고 싶다.

내 공간

오석주

따뜻한 차 한잔에
그리움이
사랑으로 변하던 시절
그때의 모습
하염없이 밀려든다

내 공간에
바라보는 그대에게
밤마다 꿈을 꾸며
곱게 접으니
이것도 첫사랑인가

상상의
날개를 펴며
스쳐 가는 끝자락에
행복한 시간
깊은 인연
영원히 기억 속에 담아본다.

노을

오석주

맑고 푸른 바다 위
고산(孤山)이 된
바위들
출렁이는 파도 벗 삼아

은은한 달빛은
흐르는 세월 알리듯
흔적조차 지우려
안간힘 쓰며
맑은 미소 바다가 반기네

노을 지는
해와 달 만남의
사랑 이야기
구름은
웃으면서 자신을 물들인다.

내 안에 둥지

오석주

살랑살랑
불어오는
이슬비 바람에
촉촉이 마음 적시고

허락한 적
없어도
내 영혼의 주인이 되어

불어오는
바람결에 갈 곳 없고
흔적 없어도
내리는 이슬비

내 안에
둥지를 튼
사랑이 바로
너라는 것 알고 있는지

시인 오승한

대한문학세계 시 부문 등단
(사)창작문학예술인협의회 회원
대한문인협회 서울인천지회 정회원

조각난 사랑

애타던 사랑이 별 되었나
슬프다고 외롭다고
힘들게도 반짝인다

싸늘한 밤하늘에
외로운 작은 별 하나
잊히는 사랑 애달파 운다

눈물보다 행복했던
가슴 타던 사랑은
이슬처럼 슬픈 잠들고

이미 깨진 사랑은
조각난 모습으로 가슴에 박혀
별이 되어 아프게 반짝인다

파도

오승한

어제는 일렁이고
오늘은 파도가 치는 마음의 바다
붉게 물든 노을 사랑 파란 그리움아

하얀 물거품 싣고
세차게 달려드는 파도 피하지 않으리라

밀려오는 파도
그리움에 절여진
가슴 던져 놓고
철썩철썩
쌓인 그리움 씻어보련다

파도 속에 깊이 잠겨
헤어나지 않을 수 있을까

파도에 밀려 쌓이는 모래알
또 다른 그리움이 사무치게 쌓여간다

그리움

오승한

살랑살랑 스치는 소슬바람에
무더운 땀방울 움츠러든다

긴 시간이 지났는데도
떡갈나무 그늘에 길쭉이 누워
추억의 여름날을 그려 본다

꼬맹이 때 동심을 넘기다 한 시간
얼굴도 모르는 순이 생각 한 시간
찬란한 꿈 두어 시간 그리다가

아차 하며 불이 나게 꼴짐을 지고
어두워진 비탈길
바쁘게 걷곤 했던 그 날

앞 냇가 벌거벗은 물장구 동무야
순이 얘기로 시간 잊었던
꼴지게 친구야
지금 너희들이 보고 싶구나

돌담마다 밭둑마다 뒹구는 호박을
소쿠리에 가득가득 담고 싶구나

행복한 바다

오승한

바다가 하늘처럼 하늘이 바다처럼
보이는 언덕에 당신을 닮은
예쁜 집을 지을 겁니다

당신을 향한 마음으로 주춧돌 하나 놓고
나를 바라보는 믿음으로 또 하나를 놓겠습니다

사랑하는 가슴으로 기둥을 세우고
서로 의지하는 어깨로 보를 걸고
서까래를 걸겠습니다

동쪽 벽 창문을 내고 밖을 향해 열 수 있고
안을 향해 열 수 있는 개방된 문을 만들어
서로 열어줄 것입니다

파란 하늘과 하늘 사이
붉은 태양이 떠오르는 아침

하늘 같은 바다
바다 같은 하늘 바라보며
떠오르는 태양을 행복한 손을 잡고
바라보겠습니다.

장미

오승한

진초록 무성한 이파리 속에
붉디붉어 터질라
숨조차 멎을 듯 아름답구나

초록빛 여린 가슴에
서릿발 같은 비수를 숨기고
뜨거운 불꽃 기다리며
붉게 검붉게 물들었구나

새빨간 립스틱 짙게 바르고
사랑을 갈망하는 여인에
붉은 입술 같아 가슴 쿵쿵 뛰고
애타는 짝사랑 여인 같아
숨조차 뜨겁게 타들어 간다

아름답다 만지지 마라
예쁘다 꺾으려 마라
숨겨진 비수에 찔려
진홍빛 눈물로 씻어야 하리

기다리는 불꽃을 만나지 못해
오늘도 빨갛게 타고 있는 네 모습에
내 가슴도 뜨겁게 타들어 간다

슬픈 가을

오승한

바람 하나 불어오면
외로워서 떨고

빗방울 한 방울에
슬퍼서 떨고 있네

아직 이루지 못한 꿈
사랑이 남아 있는데

장밋빛 그리움 두고
차가운 어둠 속을 어찌 가려나

남겨진 그리움 태우다 못해
붉게 붉게 물든 가을이 슬프다

인생의 황혼도 이러할진대
가을에 고독을 즐기며 간다

시인 이광섭

경북 상주 출생
서울 송파구 거주

한결홀딩스(주) 대표

대한문학세계 시 부문 등단
(사)창작문학예술인협의회 회원
대한문인협회 서울인천지회 정회원
대한창작문예대학 6기 졸업
문예창작지도자 자격 취득

<동인문집>
들꽃처럼 2집
동반의 여정

사랑한다면

이광섭

사랑한다면 우리
봄비 같은 사랑을 하고 싶다
사랑한다면 우리
그리움에 울지 않을 사랑을 하고 싶다

사랑한다면 우리
기다림이 외로움이 되지 않을 사랑을 하고 싶다

사랑한다면 우리
불꽃 같은 사랑을 하고 싶다.

사랑한다면 우리
함께 해야 세월을 서로 보듬어 가는
모닥불같이 따듯한 사랑을 하고 싶다

사랑한다면 우리
세월의 두께를 담을 수 있는
사랑을 하고 싶다

함께한 세월
그 깊은 세월을 버리지 않고 담아가는
그런 사랑을 하고 싶다.

가을이 가는 날

이광섭

가을이 가는 날
세찬
비바람 불었다

거센 바람은
수많은 추억을 허공에 날리고
낙엽은 비바람에 춤춘다

오늘같이
서러운 계절이면
비바람만 슬픈 건 아니다

헤어진 사랑도
떨어진 낙엽도
흘러가는 시간까지도
비바람에 울어 서러운 것이다.

세월 애가 (歲月哀歌)

이광섭

세월이 가는 것을 잠시 잊었다
사랑이 가는 서러움에

세월은 멈추지 않았음에도
날 위해 잠시 멈춘듯한 착각에 빠졌다

돌아보면 짧았던 세월이
추억하면 까마득한 먼 옛날이었다

어디로 간들 어디에 있은들
무에 그리 다르고
무에 그리 차이가 있을까

너 사는 그곳
나 사는 이곳
단지 그곳과 이곳의 차이인 것을

사람이 가니 사랑도 가고
청춘이 가니 후회도 가더라

세월의 언저리에
거미줄처럼 걸린 삶

그래도
여기 남은 세월 덕에
이렇게 살아 있음을

아침 바다에서

이광섭

엷은 구름 사이로
희미한 얼굴을 내민
아침 햇살이 수줍고나

잔잔한 파도가
바다에 담근
발끝을 간질이고

세월을 버텨온 바위는
굳건한 모습으로
바다를 향한다

아득하고 머나먼 수평선에
한 점으로 다가오는
어부의 아침이

잔잔하게 일렁이는
파도와
가슴을 나눈다

어둠보다 깊은 가슴

이광섭

촛불처럼 흔들리는
어둠

스며들어 가는 깊은
상념

그대 가슴 어디에도
외로움은 없어라

흐느끼는 신음
가빠지는 호흡

가슴과 가슴이 합쳐지고
사랑과 사랑이 충돌하여

뜨거운 열정의 밤이
깊어간다

내가 너에게 있고
네가 나에게 있거늘
무엇이 필요할까

그저 아릿한 마음만 있다면
우리 이 깊은 밤 꺼지지 않을
천년 불이 되노라.

시인 이명옥

인천 거주

대한문학세계 시 부문 등단
(사) 창작문학예술인협의회 회원
대한문인협회 서울인천지회 정회원

시는 노래입니다
노래하는 마음은 사랑입니다
노래하는 마음은 기도입니다
그러므로 시는 사랑이고 기도입니다
오늘도 나는 기도하는 마음으로 시를 노래합니다

산행 초록 (봄의 선포산)

이명옥

무채색 적막에 갇혀
겨우내 수도승 같던 소나무도
이제 그 인내의 법의(法衣)를 벗습니다

봄 요정의 속삭임에
긴 잠에서 깨어난 선포산이
기지개 켜는 소리로 소란하거든요

때죽나무는 감추어둔 여린 싹을 틔우고
참꽃나무는 진분홍 꽃눈을
별처럼 달고 있습니다

내 뜨거운 속내까지 아우르는
부활의 몸짓에 숨이 멎습니다

저 봄 신명으로 머리를 드는
내 안의 이 벅찬 희망

여백

이명옥

그리움 무량으로 피어나는
가윗날 달빛 아래
흰 장미로 서 계신 그대
눈부셨지요
저는 온통 청회색이었거든요

시나위 감기듯
나를 끌어올리는 풋풋한 향이
어쩐지 낯설어
어지럼이 또 도졌답니다
건너온 연둣빛 희망마저
잠시, 먹먹했지요

서리 내리듯 앉은
하염없는 달빛에
시린 그림자 놓고 가신 그대 탓에
나, 오래오래 아픕니다

새 아침

이명옥

여명이 밝았습니다
간밤이 서둘러 옷을 입고
새날을 맞이합니다

새날이 아름다운 것은
백지인 까닭입니다

그 백지에
그릴 것이 하도 많아서
어느 것 하나 제대로 채우지 못하지만...

다시 펼쳐진 백지에
또 서툰 솜씨로 그립니다
기쁨이 강물처럼 넘치는 그런 사랑,
그 여백으로 오시는
당신을 그립니다

가을 편지

이명옥

계양산 자락에
안돈한 듯 들어앉은 수도원에 다녀왔습니다
수북이 쌓인 낙엽을 밟으며,
하르르 하르르, 수직을 잃은 조락(凋落)을 보며
인생을 생각합니다

꽃등 몇 개 단 감나무 가지가
제 잎 다 털어내고도 가득해 보입니다

사색을 늦추며
문득 멈춘 길 위에서
색 고운 엽서 몇 장을 주웠습니다
아마 당신께 가을 안부로 보내질지도 모릅니다

아, 마른 솔잎 속
자칫 스쳐 지나칠 작은 풀꽃들이
하얀 얼굴로 내 보랏빛 미소에 알은체 합니다

그 모습이 저를 동여매었습니다
삶과 죽음의 묵상도 묶었습니다
'오늘은 나, 내일은 너'
운명의 저울추도 덩달아 묶였습니다

제목 : 가을 편지
시낭송 : 박영애
스마트폰으로 QR 코드를 스캔하면
시낭송을 감상할 수 있습니다.

십일월의 기도

이명옥

주님.

저 또한 피조물인지라

십일월의 적막에 온통 마음을 빼앗깁니다.

가을이고 또 겨울이기도 한

저 청회색의 심상을 어이하나요?

나만의 그 오묘한 채색에 들려

당신께 기도도 제대로 못 드립니다.

그러나 주님.

잎 진 가지마다 하늘을 안은

저 우뚝한 나무들의 고행을

제 기도로 받아주십시오.

먼저 떠난 이들의 영혼을 위해 마음 모으고

겹겹의 얼룩, 용서 청하는 오늘

죽음을 준비하는 청회색이 참으로 마음 편합니다.

헛되이 움켜쥔 손이 부끄럽지만

제 마음 구석구석까지 다 아시는 당신이오니

여린 제 마음을 어여삐 여기시어

부디, 깃털같이 가벼운 가을의 나날을 하락해 주십시오.

제목 : 십일월의 기도
시낭송 : 박영애
스마트폰으로 QR 코드를 스캔하면
시낭송을 감상할 수 있습니다.

시인 이민숙

경남 하동 출생
서울 강동구 거주

대한문학세계 시 부문 등단
(사)창작문학예술인협의회 회원
대한문인협회 서울인천지회 정회원

2017년 대한문인협회 금주의 시 선정
좋은 시, 우수 낭송시 선정 다수
순우리말 글짓기 공모전 은상

대나무 숲의 풍경

이민숙

초록의 대나무 숲은
하늘 향해 쭉쭉 뻗어 싱그럽게 웃네요
녹색의 바람이 이리저리 끌어 다녀
쏴~바스락바스락 몰려다녀요

바람이 불어주는 대로
바람결에 음표 붙인 대나무는
슬렁슬렁 리듬을 타고 있어요

너울너울 춤추는 대나무 결 따라
나도 같이 두 팔 펼쳐 올려 보고
사푼사푼 까치발에 박자를 타보아요

사각거리는 대숲의 풍경은
악보 없이 노래하고 연주하며
수없이 연습했던 바람이 지휘하네요.

별빛 흐르는 창가에서

이민숙

고요함이 내려앉은
별빛 창가에는

사랑스러운 바이올린 선율이
은은하게 흐르고

찻잔의 향기가 코끝에 맴돌아
그윽한 향기 맡으며
그대 모습 가만히 그려 보네요

그대
별님만큼 멀리 있어
잡아보고 싶지만 닿지 않으니
내 마음에 그대 얼굴
꼭꼭 숨겨 놓아요

오늘같이 쓸쓸한 날
밤하늘의 별빛을 보는 것은
별빛 속에 그대 모습
숨어 있기 때문이죠.

제목 : 별빛 흐르는 창가에서
시낭송 : 김지원
스마트폰으로 QR 코드를 스캔하면
시낭송을 감상할 수 있습니다.

그네 의자

이민숙

솜사탕 하나씩 나누어 들고
그네 의자에 나란히 앉아
발바닥을 살짝 밀어 볼까나

녹아내린다
솜사탕 따라
똑딱똑딱 리듬을 타고
너를 향한 내 마음은 여기 있다

피워 오른다
솜사탕을 따라
살랑살랑 오가는 바람을 타고
나를 향한 그 미소 연초록 풀밭도

날아다닌다
촉촉한 눈망울
오물오물 그 입술
소리 없는 그 마음 잡아볼까나

빙빙 돈다
솜사탕 구름 되어 돌고 돌아 오르고
내 마음 둥실둥실 구름 뒤를 따른다

소나기 사랑

이민숙

빗방울
숫자만큼
너에게 가고 싶다

구멍 난 하늘도
토해내듯 울고 있어
눈물에 씻기는 내 가슴도
아픔에 저민다

온 거리에
눈물 같은 소나기가
강물 되어 흐르면

그리움의 배를 타고
그대가 있는
무지개 핀 언덕까지
나는 가련다.

장미가 말해요

이민숙

초록의 잎새는
사무치게 그리운
내 마음 펼쳐놓았습니다

선홍빛 꽃잎은
한 잎 한 잎 피워 올린
뜨거운 내 사랑을 묶어놓았습니다

줄기마다 솟은 가시는
그대에게 뿌리째 뽑히고 싶은
내 애끓은 몸짓입니다

나를 가지려거든
뿌리째 뽑아 그대 뜨락에
곱게 심어주세요

나 그대 사랑하는 마음
임의 세상 떠나는 날까지
임의 손길 받아

그대 꽃으로만 오롯이 피고 지며
그대에게 내 정열에 향기
가득 담아 드리고 싶습니다.

시인 이석형

서울 거주

대한문학세계 시 부문 등단
(사)창작문학예술인협의회 회원
대한문인협회 서울인천지회 정회원

카메라맨

이석형

동쪽의 오지 마을
그곳으로 가는 길은 멀고도 먼 나라
붉은 태양을 잡아
생존하는 불의 나라

카페에 앉아
작살에 힘을 주었다

아침이면 나타나는 태양
옥수수 반찬에
풀죽으로 잡을 수 있을까

힘겨운 곡예로
식탁을 채울 수 없다

태양이 떠오르기 전
작살을 만들고
고장 없는 항해를
하여야 한다.

뚝방촌

이석형

호야불 시력
꿰어 달라 하시던 어머니

어두운 밤 지새우도록
바느질하시었고

펑크 난 무르팍 내복
발가락 훤한 뒤꿈치 사이로

바늘과 실
떠날 줄 몰랐다…

흐릿한 시력
발톱 하나 깎기 힘들다.

구라

이석형

거울에 비친 세상
눈 뜨고 똑바로 봐라
어두운 땅굴을 헤매고 있는
두더지 모양 부끄럽습니다.

입으로는 믿음 달라
호소하는 듯하지만
뒤로 호박씨 까먹는 탁한 마음
거짓 위선이
미래를 좀먹고 있다.

한강의 기적 중
행주대교 아랫물은 똥물이다
남한강 북한강 또 만난 양수리
두물머리 고목에서 언제쯤
한강수 타령을 불러볼까

거미의 꿈

이석형

봄부터
태양은 용광로 쇳물 붓듯 뜨거워
미간을 붉게 물들이고
성질 더러운 강아지 겉옷을 벗긴다.

바람결에 휘날리던 벚꽃잎
어디 가고 오월 장미 붉은 무더위야
해와 함께 살갗 태우느냐

호랑거미 파리잡난거미
니발내발 땀 좀 보요
팅팅 부운 다리가 네 쌍이요
떠돌며 지표 밖 빠져나와 바깥세상 집을 짓고 있소

정주하며
벽전의 조그만 안식처에
얼키설키 그물 쳐 만선의 기쁨을
만족하는 낙으로

사적인 피 정성껏 빨고
암컷의 습성처럼 맘껏 흡혈하여
맑고 깨끗한 육신의 질을
존재로 받고 싶다.

푸른 유월

이석형

푸르름에
미소 지으며 속 보인
싱그런 얼굴
차디찬 얼음 위 비틀어진 모습이 너의 가련한 실체

처녀의 해맑은 웃음을
보석 다듬는 고통으로 조금 조금씩 옥쇄 조이고
향기 품던 미월의 모가질 잘라 보내는구나

여왕의 다홍치마마저
바람 불 때 살짝 날려 보내니
냉정한 너의 모습은 수국의
자태처럼 거만스럽고
푸른 꽃처럼 웅장도 하다

우리 당신 오시는
그날엔
풍요와 함께 가실 날 멀잖고
바람에 멍들어 황금 옷 입으니 선혈의 피 토해내리라

시인 이옥순

인천 남동구 거주

대한문학세계 시 부문 등단
(사)창작문학예술인협의회 회원
대한문인협회 서울인천지회 정회원

좋은문학예술인협회 작가대상
좋은문학협회 특별회원
민주문학 문인협회 우수회원

<동인지>
민주문학, 좋은문학, 오은문학, 책나무 출판사.공저

만 남

이옥순

나의 별이 된 그대
그대 이름 가슴에 각인되어
날마다 반가움으로 맞이합니다

그대 마음 살며시 남기고 간
그 자리에 진한 향기 피어나
그 향기에 취해봅니다

하나하나 치유되는 마음의 고뇌
그대와 한마음 되어 함께 가는
동행 길 발걸음 가벼운 행복입니다

그대 만남은 시간을 잊고
세월을 잊게 하는 마법
모든 시름을 잊게 하는 희망입니다

그대 만남은 축복이고
향기로운 꽃길이며
영원히 함께할 기쁨과 사랑입니다.

향기로운 오월

이옥순

공원의 산책길 솔솔바람 따라
나를 부르는 진한 향기의 유혹
연보라 등나무 꽃 하얀 아카시아꽃
반겨주는 향기 행복에 취한다

송이송이 죽죽 늘어트린 꽃송이
예쁘게도 피어나 향기 풀어주고
연둣빛 푸르름 싱그러워
향기로운 맑은 공기 마음마저 상쾌하다

마주치는 밝은 얼굴 장미꽃에 물들고
너도나도 사랑 향기 바람 타고
가슴 가슴에 한 아름 실어주니
행복이 눈가에 가득하고 발걸음 가볍다

스쳐만 봐도 아름다운 사랑이여 젊음이여
시들지 않는 영원한 미소의 사랑 꽃
세월 따라 짙게 쌓여가는 마음의 향기
우리 함께 걸어가는 행복의 꽃길이어라.

배 움

이옥순

최선을 다하여 삶을
가꾸어가는 그대 모습에
배움의 고개 숙입니다

드러내지 않으면서
날마다 무르익어
여물어 가는 것은 빛이고

열 마디 천 마디 말보다
말없이 걸어가는 그대 발자취
가르침 되어 천둥소리로 일깨워 줍니다

쉼 없는 배움과 실천
세월에 더 무르익어
젊음은 그대 가슴에 날마다
새롭게 피어나 불타오르니

밤하늘 별처럼 영롱하고
떠오르는 태양처럼 밝은 빛
소통 속에 함께 가는 동행은
내일을 향한 평화로운 길입니다.

사랑의 힘

이옥순

아~높은 하늘 맑고 푸르다
창공을 나는 작은 새들
사랑으로 힘찬 희망 황금 날개 펴고
넓은 세상 높이 날아간다

장미꽃 피는 오월 기쁘고 감사한 날
그대 모습 진한 향기 가슴 울리고
실록은 사랑과 꿈에 춤을 춘다
높은 우리 강산 푸르고 맑은 물
흘러 흘러 하나 되어 넓은 바다 향해간다

그대의 사랑 빛나는 아침 햇살
함께 희로애락의 눈물이고
모두 정화되는 깨끗한 마음
따뜻한 가슴 되어 행복 넘친다

그대 음성 햇살처럼 마음 흔드니
은하수 쏟아놓듯 반짝이는 아름다운 빛
마주 보는 평화로운 소망과 기쁨
하나 되어 동행할 밤과 낮 사랑 힘이다.

계절의 향기

이옥순

하늘을 여니
별들의 이야기
계절 따라 내리고

화려하고 순수한 모습
각색 성향의 향기는
잔잔한 울림으로
가슴에 파고든다

속삭이는 솔바람에
사랑 담아 새 둥지 틀고
평화롭게 물결치는
푸른 들녘을 열어놓는다

빗님 맞은 맑은 물결
여울지며 힘차게 노래하고
가지마다 연두 잎 꽃송이 흔든다

생동하는 작은 가슴에
대지를 안고 우주를 찬미하니
태양이 사랑 빛 가득 담아
반짝이며 맑은 미소 보낸다.

시인 이유리

2004 대한문학세계 시 부문 등단
한국문인협회 광진지부 정회원
텃밭문학회 운영이사
한국 가곡작사가협회 회원

<수상>
2005년 대한문인협회 향토문학상
2012년 전국시인대회 장려상
2012년 한국문학 발전상
2013년 한국문학 베스트셀러작가상
2014년 순우리말 글짓기 공모전 동상
2014년 한국문화예술인 금상
2014년 아트TV “명인명시를 찾아서" 출연
현대 시를 대표하는 “명인명시 특선시인선” 9회 선정

<저서>
개인시집 “나에게 너는” 2013년 출간

<공저>
“인터넷에 꽃피운 사랑 시”
“사랑 느낌” 외 “텃밭 7호~9호”

양귀비꽃

이유리

그대 사랑함이어라
불타는 정열 깊은 고뇌
그것은 삼 일간의 사랑
그 뜨거움에 데여도 좋을

고뇌하지 않고는
어찌 산다는 일이
이처럼 설레임이고
멋진 일임을 알 수 있겠는가

그대 사랑함이어라
그리움에 뚝뚝 흘린
붉은 눈물
그대 있어 행복했다
말할 수 있으리니

그대 사랑함이어라
그리움에 뚝뚝 흘린
붉은 눈물
그대 있어 행복했다
말할 수 있으리다

제목 : 양귀비꽃
시낭송 : 김락호
스마트폰으로 QR 코드를 스캔하면
시낭송을 감상할 수 있습니다.

목련

이유리

물오를 대로 오른 그리움
드디어 터졌구나
이제 그만하자

겨우내 가만가만 싹 틔운 사랑
아플 때도 되었을 터
이제 그만 잊자

놓을 줄도 알아야 한다고
버릴 줄도 알아야 한다고

바람에 날리 우는 어느 날
그리움으로 아픈 날이었다고
엉엉 울어도 좋을 고백만 하자

동백

이유리

너를 향한 붉은 연정
살며시 간직하다,
터져버린 울먹이는 가슴

어찌 너를
마음에 품고만 있겠다고
무언의 약속을 했었나
이처럼 휘청이는
부질없는 인연일진데

아픈 그리움이 된 이름 앞에
시리도록 붉은 눈물 자국마다
머무르는 바람의 손짓이 아프다.

도라지꽃

이유리

살포시 이는
설렘과 두근거림에
너의 고운 빛으로
너의 고운 향기로 덧입히고 싶다

가끔은
그리움 그 아득함에
깊어지는 그리움
지천으로 깔아놓고
눈시울 적시던 때 있듯
비우고 또 비움으로
다시 채워질 기다림을

떨어져 저무는 날에
쓸쓸한 게 어디 꽃잎뿐이랴
그저
순하게 순하게 소멸해 갈 때
그 속에 이는 바람
잔잔할 수 있으리니

야생화

이유리

울지마라
열흘 붉은 꽃 없다 하지 않느냐
화려한 장미도 순결한 목련도
짧은 생(生)에 눈물 뿌리니

울지마라
가냘픈 몸짓, 은은한 향기
보이지 않아도 날리지 않아도
발길 머무는 누군가는 있으리니

웃고 웃자
바람이 손짓하고
파란 하늘을 마주하지 않느냐
그 하나로도 잊히지 않는 의미인 것을

시인 이은성

서울 동대문구 거주

2005년 대한문학세계 시 부문 등단
2009년 올해의 시인상
2010년 베스트셀러 작가상
2011년 향토문학상
2011년 대한문인협회 서울인천지회 총무국장 역임
2013년 대한문인협회 서울인천지회 사무국장 역임

<저서>
개인시집 "종이 위의 발자욱"

<공저>
대한문인협회 서울지회 동인시집 "들꽃처럼"
현대시를 대표하는 "특선시인선" 등 다수

네 모습은 이제 어디에

이은성

고향 가는 길,
어디선가 울음소리가 들려
고개 들고 여기저기 둘러보니

흉한 모습으로
허리가 잘려나간 산이
서럽게, 서럽게 울고 있네

가슴이 미어지며
눈길은 황망히 갈 길을 못 찾고,
그저 미안 또 미안한 마음뿐

봄엔 아름다운 꽃을 피우고,
여름엔 초록의 신록이 우거지고
가을엔 아름다운 단풍으로 자연을 수놓았던

네 모습은 이제 어디에……

벗겨진 콩깍지

이은성

아스라이 어둠 저편에
누군가가 다가오고 있다.
누굴까? 저 사람은
어디선가 본 듯한 모습인데
고개 숙인 그 사람은
무심히 지나친다.
난 뒤돌아서
걸어가는 그 사람을 바라다본다.

멀어져가는 사람을 불러세워
찬찬히 얼굴을 보고 싶었지만
그렇게 하지 못했다

내 눈의 콩깍지로 다가왔던 사람,
가끔은 그리워 추억 속에서 꺼내보고 싶었던
그 사람이면 어떻게 하지?

확인해 보고 싶지만
그 순간이 견딜 수 없을 것 같아
그저 눈으로만 뒤를 쫓고 있었다

콩닥거리는 가슴을 진정시키며,
옴짝달싹도 못하고
그저 그 자리에 오래도록 서 있었다

용문사를 돌아들며

이은성

한없이 큰 그대의 품 안에서
짐 내려놓고 쉼을 얻습니다.

숨을 고르고,
그대를 바라보며
위안을 얻습니다.

숨을 들이 마시며
일 배,
숨을 내쉬며
일 배

그대의 구원을 구하며
억겁을 쌓아 가는 시간,
향기가 온몸을 감싸고돕니다

편안함을 느끼며,
그대에게 헤어짐의
눈인사를 합니다.
다음의 만남을 약속하며...

고함 소리

이은성

“뭐하는 겁니까?”
괜한 트집을 잡으며
억지를 부리는 고함 소리에
귀가 따가울 정도인데...

우리의 위에
군림하고 있다고
그는 생각하고 있는 걸까?

그의 얼굴이 일그러져 가는데...
점점 커져가는 궁금증 하나,
‘원래 얼굴이 저럴까?’

우리를 하인 부리듯
마구 대해도 된다고
생각하는 것일까?

커져가는 목소리를 들으며
그의 속마음이 궁금해진다.

안녕히 주무시기를

이은성

아직도 그대는 나를 생각하고 계신가요
내 기억에서 멀어지는 그대
우리의 이야기는 추억의 갈피에
곱게 접어 넣어 놓았답니다

가끔은 그대 생각에
멍하니 하늘을 쳐다보지만
돌아오지 못할 시간 속에
그대를 보낸 지 오래인데

그대의 기억에 내 모습은 어떤지
못내 궁금해지는 마음입니다
지나간 인연으로 가끔은
나를 떠올려 보기는 하는지…

추억 속에서 고운 모습으로
남아있기를 바라는 마음으로
오늘도 추억의 책장을 덮습니다
그대여 안녕히 주무시기를…

시인 임미숙

경남 합천 출생
서울 양천구 거주

대한문학세계 시 부문 등단
(사)창작문학예술인협회 회원
대한문인협회 서울인천지회 정회원 / 총무국장

2015년 대한문학세계 신인문학상
2015년 향토문학상
2016년 한 줄 시 경연대회 장려상
2016년 현대시 100주년 기념 특별초대 시화전 참가 외

<공저>
들꽃처럼 제2집

능소화

임미숙

그대 뉘 그리워 그토록
강렬한 입술을 가졌는가

따가운 오뉴월 햇살
애증의 넝쿨 담장 타고 넘어
한 맺힌 그리움 토해내면
누가 쉬 잠들 수 있는가

천상에서만 피고 지는 꽃
어찌하여 지상에 내려와
여리디여린 소화를
능멸하려 하는가

비 개인 하늘
청초한 그리움
끝내 이루지 못하고

뚝
뚝
떨어진
한 떨기 열정 능소화여!

제비꽃

임미숙

햇살 좋은 담장 아래
다소곳이 고개 숙여 핀 꽃

허리 굽혀 나지막이 앉아야
볼 수 있는 겸손의 꽃

오랑캐가 쳐들어올 즈음 피어
억울하게 불리는 이름 오랑캐꽃

비너스의 눈 밖에 나 큐피드의 납 화살 맞은
이아의 순진무구한 사랑 비련의 꽃

작은 여의주머니 희망 가득 담아
만사형통 기원하는 소망의 꽃

빼앗길 들녘에서
인고의 세월을 지켜온 생명의 꽃

기약 없이 꽁꽁 언 땅
봄볕 가득 담아 다시 피는 진실의 꽃

첫사랑

임미숙

소년은 보리밭 길을 걸었다
소녀는 한걸음 뒤에서 사뿐히 걸었다

가슴에 수많은 말을 담아 두고
보리의 속삭임에 귀 기울이며
하늘거리는 꽃의 흔들림에 마음 주었다

소년과 소녀는
해 질 녘 간들바람
청보리 일렁이는 봄을
어느 하늘 아래서 그리워할까.

사 월

임미숙

모든 만물이
사랑하는 연인들처럼
설레고 울렁이는 달

붉은 동백이 뚝 떨어지는 아픔도
연분홍 벚꽃이 흩날리는 그리움도
노오란 개나리의 간절한 소망도
사월이기에 느낄 수 있는 달

긴 겨울 보내고
따스한 봄볕에
종종거리는
병아리 떼처럼

새 생명
새 희망
새 출발을
다시금 시작할 수 있는 사월이 있어

중년에도 꽃을 보며
가슴 뛰고 울렁이는
내가
나는 참 좋구나.

자작나무

임미숙

얼마나 투명하게 살아야
속살을 다 드러내도 부끄러움 없이
너처럼 당당할 수 있을까

순수함을 질투하는 철부지 마음들이
너의 살갗을 벗겨 내어도
아무런 저항 없이 받아주며

있는 그대로 수용하고
때가 되면 조용히 자리를 내어줄 수 있는
그 여유로움은 어디서 오는 것일까.

시인 장미례

서울 양천구 거주

예솔음악원 원장

대한문학세계 시 부문 등단
(사)창작문학예술인협의회 회원
대한문인협회 서울인천지회 정회원

고향 사람

장미례

어디선가 귀에 익은 목소리
저 건너편에서 들리는 내 고향 말투
아련하게 추억으로 남은 나만 아는 단어들…
누군가?
나 어릴 적 살았던 그리운 그곳에서 아마
그 사람도 억세지만 정겨운 이들과 헤어져
이곳에 왔겠지
때론 나처럼
고향 바다가 보고 싶어
며칠을 뒤척이다 기차를 타겠지
그래 봐야 20년 살았던 내 고향이지만
늘 기찻길 옆 작은 집에서 북적이며 살았던
그때를 그리워하는 내 마음과 같을까

스치며 지나가는 고향 사람인 듯한 목소리.
아직도 이방인 같은 내겐
들리는 사투리에 늘 조개 냄새가 난다.

가을 바다

장미례

어느새 찾아온
가을 바람에
모래 위 수많은 발자국들 지워지고
파도 소리마저 외롭다

어두움 내리면
바다는 다시 여름 되어
백사장은
연인들의 놀이터

깜깜한 하늘에는
여기저기 터지는
불꽃 잔치

소원 담은 풍등은
보이지 않을 때까지
높이 날고
화려한 옷으로 꾸민 마차는
말발굽 소리 요란하게
밤을 깨운다

이렇게 추억을 만드는 바다는
여름에도
가을에도
늘 분주하다

고향바다

장미례

물 가까운 곳 자리 깔고
정다운 벗 마주하니

은빛구슬 토해내듯
하늘빛에 물든 바다

작은 파도 일렁이면
도망가는 조개소리

응어리진 가슴 속에
저리도록 스며오네

좋은 여운 가득 담아
임들에게 전해주리

90세 소녀

장미례

노래 교실 창문틀에
봄 햇살이 쏟아지고
화병 가득 꽃송이
눈부시게 빛날 때쯤
호기심 어린 눈으로
나를 기다리는 학생 중에
앞자리 반짝이는 머리핀으로
멋을 낸
하이얀 머리의 할머니
새로 배운 노래를 숨 가쁘게 부르며
박자를 맞추는 주먹 쥔 손이
살짝 떨린다

노랫말에 상기된 얼굴이
마치 수줍은 소녀 같다
땋은 머리 시절을 회상하듯
화알짝 웃으며 목청을 높인다
나도 90 넘으면 저럴 수 있을까
그런 의욕이 생겨날까
뒷자리의 젊은 부인이 물어본다
그 연세에 어찌 그리 열심이냐고
거침없이 소리치는 대답에
다시 놀라고 만다
"난 노래하는 게 아니고 산소를 마시는 거여~"

비가 온다

장미례

빗줄기 사이로
적셔지는 잎들이
나풀나풀 춤추고 있네

붓으로 빗물 뿌리니
마치 수채화 같은 풍경이어라

마당에 겨우 열린
작은 토마토도
반가운 빗물 적셔
진한 빨강 옷으로 갈아입었네

이렇게 좋은걸
이렇게 고마운걸
왜 그리 기다리게 했는지
마음까지 촉촉하게 적셔주어
우산 없이 마냥 걸어보네

대가 없이 받는 선물에
한없이 감사하며...

시인 장선희

서울 성북구 거주
한국방송통신대학교 국어국문학과 졸업

대한문학세계 시 부문 등단 (2015년)
(사)창작문학예술인협의회 회원
대한문인협회 서울인천지회 정회원

2016년 금주의 시 선정 / 모정
2016년 시 '자연에 걸리다' 시화전 전시
2016년 향토문학상
2017년 순우리말 글짓기 공모전 장려상

<동인지>
들꽃처럼 제2집

개울물

장선희

우뚝 솟은 바위틈에 웅크려 있던 개울물이
트여놓은 물줄기 따라 힘차게 흘러내린다.

고운 햇살 너울 물결 그림자도 춤추고
고기 떼가 몰려다니는 사이로
물방개 날개 죽지에 생기 가득하다.

한 모퉁이 급물살 보듬으며
큰 돌 두어 개 굴려놓고
반가움에 슬며시 걸터앉는다.

옹기종기 속삭이던 돌들이
차례 지켜 키 높이 맞춰 둘러앉고
돌 틈 사이로 비집고 몰려드는 송사리 떼는
요리조리 피해 다니며 눈치를 본다.

공중에서 날아오던 물잠자리 내려다보고
고르게 흐르는 잔잔한 물 위에서 목을 축인다.

온종일 줄기차게 흐르는 굽이진 물결들은
제각각 세찬 함성으로 활기 띠고
머무는 행인들 발걸음과 환호성에 지칠 줄 모른다.

꿈의 바다

장선희

언제나 노래하는 희망의 꿈이 있어요
눈감으면 바다의 품속에서 힘찬 파도를 만났지요

수평선 너머 미래를 내다보며
현실에 부딪히는 강렬함을 발견했어요

모두 떠나고 너와 단둘이 만났을 땐 평화가 오고
바다는 깊은 나의 마음을 읽어주었지요

넓고 넓은 물줄기 따라 가보고 싶은 마음에
밤새 헤매 보아도 끝이 없어요

맑은 물 한 모금 떠올려 행복을 느껴보며
이 순간의 영혼까지 씻기는 깊이가 느껴지고
꿈의 바다는 언제나 행복한 미래를 주어요.

수국이 나를 부른다

장선희

그가 나를 불러 폴짝 뛰어갔다.

달처럼 환하게 비추는 고마움에
눈이 부셔 살짝 윙크로 보였는데
탐스런 꽃송이 미소가 싱그럽다.

간밤에 내린 촉촉한 온기 체온은
만지면 다칠까 오므린 손안에
포근한 숨결로 포옥 빠져든다.

이렇게 환한 대낮인데
모든 만물은 보이지 않고
유난히도 뽀얀 달덩이로 감싸주니
다시 눈을 비벼 오롯이 마주 본다.

차마 발을 뗄 수 없어 아쉬운데
오늘은 그만 작별인사하자 손 흔들고
살랑이는 바람마저 이별이 야속하다.

내 안에 가득 품은 자랑스런 모습은
옹기종기 탐스러운 매무새로
가슴 뿌듯한 흔적 사랑을 담는다.

낙엽조차 예뻐라

장선희

풀 죽어 있는 나에게
해님 같은 웃음으로 불러 주었지

빨강 노랑 주황 불 밝히며
아낌없는 칭찬 기쁨으로
스산한 내 가슴 채워주었네

틈나면 달려가 눈 마주치며
촉촉이 적셔주는 기운으로
탐스러운 열매 듬뿍 주었네

단풍잎 형형색색 자태는
전생에 고운 여인이었을까 했는데
어느새 찬바람 너를 말리고
손이 시려 나뭇가지 놓쳐버렸네

찬바람 거세게 방해 놓아도
색을 발하는 자태에 반하며
낙엽 되어도 그 모습 너무 예쁘네

바람 따라 쓸쓸히 만난 자리에
작별 고하는 인사라지만
다시 만날 약속 있어 슬프지 않네.

고향에 살고 싶어

장선희

강직하고 억척스런 꿈이 많던 시절
힘겹다고 내 갈 길 팽개친 날이 야속하다

멀어지는 세월 잊지 못해
이제나저제나 바라만보고 또 아쉽다

어딜 가나 그리움에 항상
아련한 기억 더듬으며 한탄하지만
못 잊을 세월에 무릎 꿇었다

피어나는 그리움이 진해져서
한 폭의 수채화처럼 가슴에 그려놓고
이젠 갈 데까지 가보자 한다

지난 추억 묻어버린 고향 행적들
한 송이 두 송이 꽃처럼 피어난다

내가 태어나고 자란 곳
고향에서 살고파 갈망한다.

시인 장용순

대한문학세계 시 부문 등단
(사)창작문학예술인협의회 회원
대한문인협회 서울인천지회 정회원

2012년 신인문학상
2015년 향토문학상
2016년 한 줄 시 경연대회 장려상

패랭이꽃

장용순

얇은
꽃잎이
바람에 춤춘다

흔들리는
꽃잎이

입맞춤을
기다리는

눈 감은
너의 속눈썹을
닮았다.

지나간 바람

장용순

오! 바람
바로 너였구나

가을걷이가 끝난 들판
파랗던 들판을 누렇게
만든 것이
바로 너였구나

작은 참나무의 잎들이
오돌 오돌 떨며
부서지며 내는 슬픈 노래를
들려주는 것이
바로 너였구나

억새 우거진 들판에
보금자리를 차린
물새들을 찾아온
사냥꾼을 부른 것도
바로 너였구나

항상 푸르던
구름을 흩어버리고
머리칼에 은빛 심으며
내 가슴에 텅 빈
구멍을 낸 것도

바람,
바로 너였구나.

연어

장용순

알을 낳을 때가 되면
태어난 고향을 찾는다

고향의 물에서는 태어난 곳을
알리는 향수가 있다.

등대가 없어도 별빛이 없어도
예전의 그 향기만으로도

태평양을 한 바퀴 돌고
돌아오는 고향의 향수

그곳에서 또 다른 생명은
긴 여행을 준비할 것이다.

눈 내리는 날

장용순

눈이
내리는 것인가

아니다
하늘로 올라가는 것이다

내 마음이
눈송이를 밟고
올라가는 것이다

올라가도
올라가도
너는 멀구나

사랑은
멀기만 하구나.

채송화를 기다리며

장용순

내 마음속에 피어서
너는 웃고 있었다
사막 같은 내 마음에
너는 별처럼 빛나고 있었다
너를 보내고 나는
삼백육십오 일을 기다렸다
딸기꽃이 피고 딸기 열리고
장미꽃이 피고 꽃잎 떨구고도
너는 아직 내 곁에 없구나
오월의 마지막 맑은 하늘에
별들이 빛나는 것처럼
내 마음에도 피어다오
화려한 아침을 여는
나의 사랑아.

시인 장해숙

서울 중랑구 거주

『대한문학세계』 詩 부문 등단 (2005)
(사)창작문학예술인협의회 이사
대한문인협회 서울인천지회 정회원 / (전) 지회장

아리랑 홍보연구가
(주)선우고용서비스 취업상담실장
시집 『새벽시장』(2009)
석사논문 『국가브랜드로서 아리랑이 지닌 가치와 활용방안에 대한 연구』(2012)

나는 고양이로소이다

장해숙

거실 한쪽 구석에 서 있는
해피트리에 개미떼가 출몰했다
그들과 장난치며 시간 보내는 일은
나에게 꽤나 즐거움을 준다
요놈들이 참으로 신기한 것은
내가 앞다리로 수없이 훼방을 놔도
잠시 흐트러진 줄을 정비하고는
열을 맞춰 쉼 없이 오르락내리락 한다
에프킬러를 든 우리 집 주인이 나타난 이후
개미떼는 몰살당했다
아마도 자기네들이 저렇게 집단몰살 당했다면
TV며 신문이며 대서특필되고 난리도 아닐 것이다
하기야 알고도 당하는 같잖은 인간들 꼴이라니
고양이로서는 인간을 정말 알다가도 모를 일이다

웃음 한 장

장해숙

대학원 졸업식 때
남편은 굳이 시골에 계신
친정아버지 시아버지
모두를 초대했다
바빠서 못 오신다던 친정아버지
부랴부랴 막차 타고 상경하시고
오랜만에 만난 사돈어르신들
도란도란, 마지막 밤을 밝히셨는가
한 다발 프리지어를 안고 오랜만에
꽃보다도 더 화사한 웃음을 건네시는
친정아버지
며느리로 빼앗겼던 딸을 끼고
찰칼찰칵, 자꾸만 분신을 만드신다
가쁜 숨 몰아쉬면서도
딸이 가져간 미음 한 두 숟가락은
꼭 받아 드시더니 그만
먼 세계로 여행가신 아버지
내 책상 위에
마르지 않은 웃음꽃 한 장 있다
프리지아 한 송이 고개 떨구고 있다

그대 아직도 곰스크를 꿈꾸는가

장해숙

오가는 사람들의 발자국마저 사라진 간이역
노란 은행잎이 낭만을 이야기하는
가을 색깔이 유난히 고운 구둔역
한때는
양평으로 용문으로 상급학교에 통학하던 학생들과
돈 되는 것이면 무엇이든 이고 지고
경동시장으로 팔러 가던
촌부들의 땀 냄새 향기로운 역이었는데
다 팔고 돌아올 땐
전리품처럼 새끼줄에 묶인 고등어자반 들고 왔는데
어김없이 거쳐 간 술렁거림도
옛이야기처럼
곰스크를 꿈꾸는 자들의 흔적만이
소원나무에 걸려 펄럭이고 있다
역사驛舍 앞에
유치중인
1165호 전동차와 함께

포크레인 김

장해숙

간밤의 숙취를 선지해장국으로 달래고
가벼운 체조로 노동의 아침을 깨우는 김씨
밤새 근질거리던 근육질의 팔을 들어 올렸다
손끝에 달린 우악스런 삽을 내리꽂으며
문명을 깨우는 야생의 사내 입가에
미소가 번진다
지난밤 아들이 머리맡에 두고 간
전교 1등이라는 성적표가 떠올라서만이 아니다
엄마 없이 자란 아들이
반듯하게 커 주는 것이 고맙기만 해
아들 앞에 가로막힌 어떤 산이라도 깎아
고속도로를 만들어 주고픈 심정이다
아침이면
또 다시 해장국으로 속풀이를 해야만 하는
노동에 절인 삶이지만
오늘도 아들 때문에 문명의 진화를 꿈꾸는
포크레인 김이다

운수 좋은 날

장해숙

오늘도 자명종은
새벽 4시에 혼자 일어나 분주하다
일요일이 없는 그는
피곤함도 잊은 채
매일 똑같은 시간에 울어대지만
오늘따라 그 소리가 청명하다
어제 들이킨 막걸리에
속이 불편하기도 하건만
이상하게 몸이 가볍다
오늘은 운수가 좋으려나
버스정거장에 도착하자마자 차가 오고
삼십도를 오르내리는 불볕더위지만
3층 벽돌곰방도 다이렉트로 가볍게 끝내고
일당 십만원을 챙겼다

오후 세시,
지하철역에서 전동차를 기다리다
잠깐 잠이 들어 로또 1등 꿈만 꾸지 않았어도
뒷주머니가 허전해지는 것을 알아차렸을 것을

시인 전응석

경북 예천 출생
서울 거주

대한문학세계 시 부문 등단
(사)창작문학예술인협의회 회원
대한문인협회 서울인천지회 정회원

쉿!

전웅석

배가 고프다
냉장고도 텅텅
밥통도 비었다
무심코
딸아이의 장난감 식빵을
깨물어 본다
아뿔싸
흠집이 났다

쉿!
딸아이에겐 비밀.

어머니 (2)

전웅석

공기같이 가벼우나
바람같이 길 트는 존재가
어머니라면

개울같이 소박하나
강같이 흐르는 존재가
어머니라면

들풀같이 살았으나
들꽃같이 은은한 존재가
어머니라면

부뚜막같이 나지막하나
용마루같이 높다란 존재가
어머니라면

내 어머니는
그런 어머니다

돌조각같이 각진 세월을
돌탑같이 합장하는 존재가
어머니라면
하나같이 다른 자식을
하나같이 추수하려는 존재가
어머니라면

한 집안의 아들을
세상의 아들로 키우려는 존재가
어머니라면

그런 어머니에서 어머니로
아리랑처럼 이어지는 존재가
우리네 어머니라면

내 어머니는
우리네 어머니다.

콩나물

전웅석

어릴 적 어머니는
자고 일어나면 상방 윗목에 놓아둔 콩나물시루에
바가지로 물을 부으라 하셨다
많이 붓지도 말고 골고루 한 번만 부으라 하셨다
그래야만 잘 자란다고
콩나물을 빨리 먹고 싶은 마음에
도시락 반찬으로 학교에 매일 김치만 가져가기가 싫었기에
어머니의 당부와는 어긋나게 물을 듬뿍듬뿍 부었다
며칠 지나자 어머니는
콩나물 뿌리가 물러터져 썩었다고 속상해하셨다
물을 많이 준 나 때문에
또한 많이 준 형과 누나와 동생 때문에.

지나면 아는 것 2 (고해)

전웅석

칼끝으로 사람을 보곤 했다
그 얼마나 위험한 눈빛인지
그 얼마나 지독한 무기인지
날카로운 눈빛에 찔리고서야 알았다
칼끝에서 울고 나서야 알았다

꽃으로 사람을 보고 싶다
이 얼마나 자연스러운 눈빛인지
이 얼마나 사람다운 모습인지
향기로운 눈빛에 담겨서야 알았다
꽃에서 웃고 나서야 알았다

안개는 세상을 덮고
물은 돌을 굴리나니

연한 것은 연약한 것이 아니나니.

시인 정설연

서울 성동구 거주

대한문학세계 시 부문 등단.
(사)창작문학예술인협의회 이사
대한문인협회 서울인천지회 정회원

profile
시집으로『내 마음의 자명고(自鳴鼓)』,『고독이 2번 출구로 나간다』가 있으며 작사가로 詩노래 앨범 가슴詩린 발라드(1~4집)를 기획 했으며 낭송가로 영상시 앨범 감성테마여행 1~4집 project design했다.
현대 100주년기념 전국시인대회 대상, 한국문학예술문학대상, 대한문학세계 문학대상, 한국한비문학상 시 부문 대상, 한국문학발전상, 현대시선예술문학대상, 제4회 미당서정주시회 문학상, 2015 한국문학비평가협회 문학상 등을 수상했으며
〈공저〉로는 현대시를 대표하는 특선시인선/ 시인과 사색/ 들꽃처럼/ 수레바퀴/ 감성테마여행/ 가을편지/ 미당서정주시회 문학상 수상자 작품집 등이 있다.

석양의 지문(指紋)

정설연

보이는 것
보이는 않는 것의 문장들이
수평선에서 만나 붉어진다
그리움의 이중적 장치인
너머의 빗장을 풀고자
물의 뼈를 건져 너를 쓰고
그 옆에 젖은 눈시울로
내가 찍는 서명이다
붉은 지문,
심장을 꺼내어 눈꺼풀에 올린 무게가
높은 파도로 붉어진다
보이지 않는 물 위의 발걸음이다
저기 저 마음까지.

작은 사슴을 그리고 싶다

정설연

눈에 들어온 그림의 상처
흰 붕대를 감아본다
화살 꽂힌 사슴의 몸이 펄쩍거리고
눈을 거쳐 닿은 고독이 심장에서 아프다
나도 모르게 그림 속 흐르는 피에
가만히 손을 대고는 지혈한다
가슴속으로 꾹꾹 눌리는
시뻘건 환지통이 온몸을 헤맨다
*프리다 칼로의 작은 사슴은
눈을 감아도 상처가 보이고
눈만 마주쳐도 아프다
신의 언어로 화살을 뽑아주고 싶어
오래 그의 그림을 바라보았다
시로 그림을 그리고 싶다.

프리다 칼로(1907~1954)_ 멕시코의 초현실주의화가
『작은 사슴』은 프리다 칼로 자신이 갖고 있는 좌절감과
고통을 초현실주의 기법으로 부상당한 사슴을 표현.

새벽의 성좌

정설연

숲의 소리가 야위었다
두께버선 신은 걸음 발돋움하는 날
둥근 달이 되기 위해
그리움이 온몸 둥글게 감고
들리지 않는 소리 우련히 얹은 채
허공에 떠오른다
얼마나 앓으면
달빛 담은 몸통에 덮인 시간이
가슴에 갇힌 모서리 깎고 둥글어질까
어둠의 등뼈에 감아 올린 발걸음 익히며
충혈 된 눈동자에 앉은 별 하나
몸을 옹송그렸다

바람의 탁본(拓本)

정설연

길은 있지만
사람은 보이지 않는다
걸어 들어갈 수 없는
바람의 통증에 땅을 만들어놓고
부재 속에 고립된 계절을
눈꺼풀에 올려놓는다
공중에 집 한 채 짓는
바람 소리 발음들로
탁본하고자 하는 심장,
끈끈한 허물이 맥박을 붙잡고 있다.

꽃잎편지

정설연

꽃 이름으로 너를 부른다
이름을 부르면
바람에 그리움은 자꾸만 흩어지는데
네가 없더라
아무리 찾아도 네가 없더라
가슴에 너 아니면 피울 수 없는
사랑의 꽃을 심어놓고
눈시울에 나비 한 마리를 그려 넣는다
그리움은 눈시울에 앉아
나비정원에 오월의 꽃등을 켜놓고
너에게 꽃잎 편지를 쓴다
사랑한다 보고 싶다.

2017년 5월 2일, 어린이 추모공원 나비정원『나비의 꿈 추모제』헌정시

시인 정지향

서울 거주

대한문학세계 시 부문 등단
(사)창작문학예술인협의회 회원
대한문인협회 서울인천지회 정회원
한국예인문학 홍보차장

전국 순 우리말 글짓기대회 동상

<공저>
"초록이 가을 만나다"
"초록이 머무는 시의 향기"
"한국 예인 문학 3호"
"한국 예인 문학 4호"

코스모스 연정

정지향

높아만 가는 파란 하늘길
피어오른 뭉게구름 자유로이 떠다니고
바람 타고 한들한들 춤추는
톱니 닮은 여덟 꽃잎

가냘픈 몸매 초록빛으로 물들이고
학처럼 긴 목 꼿꼿이 세운 채
환하게 미소 짓던 그대
내 가슴에 품어
한 장의 추억을 남겨 봅니다

향기로운 입술 나를 향한 시선
고스란히 그리움으로 피어
순정 담은 핑크빛 연애편지
흩날리는 바람 편에 실어 그대에게 보내 봅니다

언제나 함께하겠다던 약속
지금 또 기억하며
파란 하늘에 기대어
그대 오시는 길 내다봅니다

돌

정지향

제멋대로 굴러다니는
못난 돌 하나 주웠네

세수시켜 단장하니
검은 보석 되었네

겉만 보고 판단할 땐
그 진가를 몰랐는데
보고 또 보니
잊고만 살 뻔했던 내 지난 삶
나 자신을 채찍질하더라.

만추(晩秋)

정지향

황금 들녘 풍요를 노래하면
국화 향에 취하고
가을 향기 동화(同化)되어
하나가 된다

갈바람에
갈잎 밀리어오면
허전한 이 마음
가을바람에 흔들림은
어디 나뿐이더냐

들판에 억새들도
사각대며 우는데
어느새
노을 진 숲길 따라
가을이 간다

빗방울 연주회

정지향

빗소리 톡톡 똑똑
스타카토 뚝뚝 끊어

주룩주룩 주르륵
레가토로 이어서

비가 내리는 거리엔
음표를 뛰어나와
탭댄스를 추고

가로수 나뭇잎
솔솔 부는 바람에
지휘를 하는구나

오 이보다 아름다운

음악회가 있으리오

단풍 연가

정지향

그대 그리움에 붉게 물든 내 마음
그립고 그리워
터져버린 내 열정은
타는 목마름으로
바스락대며 서럽게 울고

운명처럼 주어진 이 시간
너는 가을에 묻혀 가려나 보다
내 마음은 아직 너를 품고 싶은데
아무런 후회 없다고
생의 마지막 잔치를 신명나게 치른 후

불꽃 같은 정열로 온몸 불살라
심장이 다 타서
한 줌 재로 남을 때까지
오직 그대만 사랑한다고
떨리는 여린 손 살며시 내미네

영원한 사랑은 없는 것
차가운 가을바람 불어오면
정해진 시간 마지막 작별인 줄 알기에
사무친 그리움으로 몸부림치며
지독한 몸살을 하네

시인 조미경

제천 미당 갤러리 & 카페 대표

대한문학세계 시 부분 등단
(사)창작문학예술인협의회 회원
대한문인협회 서울인천지회 정회원

대한창작문예대학 제7기 졸업
문예창작지도자 자격 취득
대한창작문예대학 졸업작품 경연대회 "동상"
2017년 한 줄 시 공모전 장려상

<저서>
화려한 유혹 (2017 시음사)

아름다운 침묵

조미경

연두색 물결 속 울퉁불퉁한
몸들을 한아름 안고 서 있는
저 고목은 여리고 보드라운
새 옷을 갈아입고 지친 몸
쉬어가라며 그늘 만들었습니다

흰 구름 베개 삼아 하늘 이불 덮고
멀어져간 추억의 고요함으로
쏟아지는 햇살 가려주는 커튼의
여백에서 침묵의 아름다운
자연의 겸손함을 알았습니다

들국화

조미경

잎새에 이는 바람에도 그리워하고
꽃잎의 영혼을 가지고 꽃 속의 잔치
세월을 말하며 들꽃 되어 허허벌판 변방의 주인공

모든 것에 잠시 멈추고 계절을 이겨낸
생명의 꽃이 되어 눈물의 고드름을 녹여

포켓 속에 향기로 들어와 하얗게 쏟아지는 들국화

민들레

조미경

아지랑이 옹알거리는 햇살 머문
곳에 솔바람에 안겨 온 민들레 씨앗
꼼짝없이 안착하고

흔들리며 피는 외로움이
너를 부를 때 그리운 추억 앞에
아련한 시선을 보내며 사랑의
꽃망울 터트린다

노랗게 피어나며 산길 걷는 외로움에
손 흔들며 하얀 꽃 홀씨 되어 날려줍니다

간이역

조미경

평행선인 철로는 삶을 말하듯이
저만큼에서 모이고 기차는 산
허리를 돌아 모습을 감춘다

소라껍데기처럼 속이 빈 엄연했던
기억들 그립다고 말할 수 있을까?

가랑잎 풀잎 사이 내려앉아 허공에
거대한 물음표를 던졌지만, 답이 없다

쉬어가는 간이역이 있을 뿐

너에게 하루를

조미경

쓸쓸한 마음으로 얼룩진
석양빛 노을 침묵 옆에
앉혀놓은 독작의 밤을 그린다

눈도 없고, 귀도 없고, 입도 없는
너를 만나 지친 하루를 밤새
털어놓고 바다가 갈라진
새벽을 일으키며 미소로
손잡아 주는 하루를 너에게

시인 최윤희

서울 동작구 거주
현) 가람공인중개사사무소 대표

대한문학세계 시 부문 등단
(사)창작문학예술인협의회 회원
대한문인협회 서울인천지회 정회원

2016년 대한문학세계 신인문학상
2016년 숭사인 학술 공모 시 부분 입상
2017년 현대시를 대표하는 명인명시 특선시인선 선정
2017년 특별 초대시인 작품 시화전 선정
제7기 대한창작문예대학 졸업 작품 경연대회 장려상
2017년 대한창작문예대학 제7기 졸업
2017년 문예창작지도자 자격증 취득

지금 같게만 해주소서

최윤희

서로 각자 운명의 장난으로
엇갈린 시간의 톱니바퀴 속에서
우리는 만났습니다

우리는 만나는 순간 그것이 운명임을
서로가 느꼈습니다

하지만 엇갈린 시간의 톱니바퀴 안에는
각자의 삶이 들어있었습니다

더도 말고 덜도 말고 지금 같게만 해주소서
너무나 가혹한 운명의 장난을 서로가 체감하고
서로의 운명에 대해 원망도 했었습니다

하지만, 모든 건 우리가 안고 가야 합니다
다만 더도 말고 덜도 말고 지금 같게만 해주소서

서로 사랑하는 마음만이라도 변치 않게 지켜주세요

사랑의 늪

최윤희

가슴 떨리는 사랑
머릿속에 떠올리면
가슴으로 전율을 일으키는 이가 있습니다

너무나 사랑하기에
가슴 많이 아팠던 것을
시간이 흐를수록 더욱 갈증을 일으키게 하는 이였습니다

나에게 사랑을 알게 해 주고
나에게 사랑의 존경심을 느끼게 해 주고
나를 아기 대하듯 하며
나의 일상을 챙기며 따뜻한 이였습니다

그전엔 그냥 사랑이라 생각했지만
슬픔의 눈을 본 순간
난 화산과 같은 알 수 없는 감정의 소용돌이에
휘감겨버렸습니다

절대 빠져나올 수 없는 계곡
그곳은 늪
절대 헤어나올 수 없는 사랑의 늪이었습니다

슬픔의 종이학

최윤희

종이 한 장 펴서
학 모양 접듯이 대각선으로 접기를 합니다
종이에 눈물방울이 뚝뚝 떨어지고 있습니다

한번 접을 때마다 나의 10년의 세월 이야기 담아 접어
이 종이학은 44년이 들어가야 하니
무게가 제법 나가야 할 것 같습니다
잘 날아가야 할 텐데 너라도
어제까지 모든 이야기를 다 넣고
오늘 아침에 접어 날리려 합니다

모든 슬픔도 종이학에 담아 떨쳐내고
앞으로 즐거움만 생각하는 시간이 오길 기대해 봅니다

창밖을 때리는 비

최윤희

창밖을 보고 있노라면
빗물이 마치 얼굴을 때리듯이 세차게
창을 때리고 있다

마치 문 못 여는 꼬마가
문 열어 달라듯이
너무도 투명한 순수한 색의
빗물이 계속, 계속, 때리고 있다

하지만 난 계속 창 안에서 바라만 보고 있다
창을 열수도 창을 꼭 잠글 수도 없고
바라볼 수밖에 없는 나입니다

비여, 비여, 제발 멈춰 주소서
제발 멈추어 주소서
당신이 빗줄기로 때리는 것은
창문이 아니라 제 마음입니다
제발 멈추어 주소서
제발 상처투성이의 마음에 빗물조차 때리니
점점 버틸 힘을 잃어가고 있습니다

잠시라도 빗방울이 멈추어 숨을 쉬고 싶습니다

별과 나의 마음의 편지

최윤희

하늘이란 편지지에 별이란 글자를
수 천 수 백 개 써봅니다

별도 땅이라는 편지지에
사랑이란 글자를 별빛으로 그려줍니다

별과 나는 밤에만 볼 수 있지만
서로에게 편지를 주고받습니다

달빛과 구름이 없다면
별은 더욱 환하게 별빛으로 그려줍니다

저는 사랑이란 글자를 보고
가슴 설레며 별을 쳐다봅니다
별은 더욱 빛을 내며 별빛을 쏟아줍니다
마치 설레는 가슴에 응답이라도 하듯이 말입니다

시인 최정원

전북 순창 출생
서울 거주

대한문학세계 시 부문 등단
(사)창작문학예술인협의회 회원
대한문인협회 서울인천지회 정회원

동해문학 정회원
동해문학 작가
동해문학상 수상

공감문학 정회원
공감예술문학 작가
공감예술문학 본상 수상

겨울 나그네

최정원

인적도 없는 그곳에
차가운 바람만이 친구인 듯 그 자리에 서서
쓸쓸함이 그대 마음을 흔들어 놓는다

내 마음은 늘어진 나뭇가지처럼
허공에서 떨고 고단한 나의 몸놀림은
비에 젖은 낙엽처럼 무겁다

힘들고 고달픈 나그네
하늘에 구름처럼 훌훌 떠나고 싶다

아무도 봐주는 이 없는 황량한 그곳에
허기진 모습으로 어디론가 또다시 떠나려
한 걸음 한 걸음 걷는다

하얗게 걸린 달빛 그림자
흔적없이 지워가며
아픔도 허전함도 모두 다 안고
바람 부는 대로 푸른 벌판 강을 건너
난 오늘 떠나가련다

보고 싶어서

최정원

보고 싶어서
그대 얼굴 보고 싶어서
눈물이 난다

눈을 감아도
그대 얼굴 떠올라
지울 수 없어

또 다른 생각해보지만
그대만이 내 눈에 아른거려
견딜 수가 없어요

사랑에 빠졌나
두근거리는 이 가슴을
어떻게 해야 할까

천사 같은 아가야

최정원

아가야
천사 같은 아가야
너는 꿈을 꾸고 있구나
자면서도 새근새근 웃고 있는 너의 모습
하늘에서 내려온 천사 같구나

예뻐서 너무 예뻐서
솜털처럼 보드랍고 소중한 아가야
초롱초롱 수정같이 빛나는 우리 아가
이마에 뽀뽀하고 볼에 뽀뽀하고
살며시 손가락을 깨물어 본다

아가야

아가야 울지 말아라
너무 예뻐서 너무너무 예뻐서
살짝 깨문다고 울지를 마라
천사 같은 우리 아가야

사랑합니다

최정원

사랑합니다
그대를 사랑합니다

품어주고 안아주고
길러주신 어머니
언제나 자식 걱정
끊일 날 없어라

흙 묻은 손발이 다
갈라지고 터지도록
일만 하시던 어머니
사랑합니다

보고 싶어서
꽃향기 가득 안고
달려가고파
어머니를 불러봅니다
사랑하는 어머니
나 죽는 날까지 사랑하겠습니다

아니 죽어서도 사랑하겠습니다

풍경 소리

최정원

산사에 들려오는 종소리
내 마음을 붙들어 놓는다
깊은 산속 조용한 산사의 풍경 소리

하얀 뭉게구름
바람에 실려 어디론가 떠나가고
스님의 목탁 소리는 점점 커져만 간다

산사에 불어오는 바람 소리
다람쥐 도토리 입에 물고
돌 틈 사이로 내닫고
참나무는 마지막 이파리를 떨군다

밤하늘 별빛
영롱한 우주의 신비
달빛에 가린 산사의 석탑
대웅전 석가

연못 비단잉어는
별빛을 보고 있을까

시인 한인수

대한문학세계 시 부문 등단
(사)창작문학예술인협의회 회원
대한문인협회 서울인천지회 정회원

2014 한 줄 시 공모전 동상
2014 한국문학 올해의 시인상
2015 순우리말 글짓기 공모전 동상
2015 한국문학향토문학상
2016 한 줄 시 공모전 특별상

대한문인협회의 원로이신 한인수 시인님은 2017년 현재 향년 85세 임에도 젊은 시인들보다 더 열정적으로 글을 쓰십니다.

서울인천지회원들이 존경하는 마음과 효의 정신을 담아 특별 초대 시인으로 모셨습니다.
100세까지 건강하시길 기원합니다.

멋진 인생

한인수

하늘과 땅 사이
즐기는 인생들이 모여서
젊은 시절 사는 욕심을 가지고
늙어서 웃음 안고 자리 잡고 사니

이제는 그럭저럭
오늘따라 멋지게 사는 존재들

눈이 휘둥그레지고
함박웃음 입 벌어질 때

웃고 살며 도와주고 행복하게
허심탄회하게 사랑하고
남은 세월 움켜쥐고

멋지게 후회 없는 날을 보낸다

죽은 다음 그 사람
멋지게 살다 갔다고
후회 없이 살다간 그 사람
이름 석 자 남기고 갔다고

깊어가는 가을

한인수

따가웠던 해님도
푸른 하늘 내려다보며
서늘해지는 가을 풍경을
말도 없이 쓰다듬어 준다.

바람에 흔들리는 나무들
가을 길목 거닐고
찾아오는 단풍 바람결을
고스란히 받아들이는구나

깊어가는 가을 길목에서
나뭇잎들 춤사위는
붉은 물결 잉태하고
깊어가는 계절 따라 서성이고 있다.

행복한 이 시간

한인수

당신과 나
늙었어도 우리 둘은
다정다감한 사이
하나부터 열까지
서로 다듬어서

알알이 담아 놓은
사랑의 열매가
소복소복 쌓여

행복한 여유를
누가
흉내 내리오
둘이 앉아 손잡고
행복의 웃음소리
담 너머로 메아리치니

젊어서 고생
늘그막에는 지금
이 행복한 마음을
가슴에 안고 살리다

살고 싶다

한인수

텅 빈 가슴 안고
그런대로 저런대로
그리움만 안고
살고 싶다 살고 싶다

산 넘어 고개 넘어
풍기는 꽃향기
흘러가는 물결 따라
살고 싶다 살고 싶다

여러 사람 틈바구니
그 속에 묻혀서
가는 발자국 따라가며
살고 싶다 살고 싶다

세월 속 인심 속으로
바람 부는 대로
날아가는 가랑잎 밟으며
살고 싶다 살고 싶다

막막한 심정

한인수

헤집고 나가고 들어갈 틈을
이리저리 찾아보아도
햇빛 들어올 구멍 없으니
마음은 천근만근 답답하고

곁에 누가 있나
두리번거려 보아도
소용없는 흔적들만 있고
쓰지 못할 썩은 뿌리만 뒹군다.

사랑에 허기를 느끼니
갑산에 댕기 걸고
너울 목을 짚고
두들기며 건너갈 땐

가다가 막혀 버리는
안쓰러운 심정은
외나무다리에서 물에 텀벙
정신 들게 목욕재계하는구나.

시인 홍진숙

서울 성북구 거주

대한문학세계 시 부문 등단
(사)창작문화예술인협의회 회원
대한문인협회 서울인천지회 정회원
한국문인협회 정회원

문예창작지도자 자격증 취득
2015~16년 한 줄 시 짓기 공모전 동상
2016년 순우리말 글짓기 공모전 장려상
2016년 이달의 시인 선정
2017년 명인명시 특선시인선 선정
2017년 순우리말 글짓기 공모전 장려상
<저서>
시집 "천천히 오랫동안"
<공저 및 동인지>
누구에게나 처음은 있다
우리들의 여백
들꽃처럼 제2집
한국문인작가 창간호

자작나무 숲에서

홍진숙

가까이 또는 멀리 서 있는
함께하는 나무들의 간격
간격과 간격 사이 어깨 기대고 있던
곧은 몸 사이로 작은 잎들
바람에 일제히 몸 흔드는
함께하는 눈물겨운 찰랑거림
문득
너와 나 여위어진 마음 거리 간격은
얼마나 될까

나도 꽃이 되고 싶어

홍진숙

가끔 생각해
정적의 고요가
평화처럼 내려앉은
너의 꽃술에 들어가
나도 꽃이 되어
천천히 희망을 꿈꾸고 싶을 때가 있음을

날마다 작아지는 시간

홍진숙

봄 같은 햇살이
아직은 깊은 한겨울 마당에
가득 모여 있던 오후
배웅을 위해 대문 앞에 서 계시던 엄마
올겨울은 왜 이리 가볍게 따스하냐
겨울은 겨울답게 추워야지
독백처럼 중얼거리던 적막함을
뒤에 남겨두고 떠나올 때
혼자 펄럭이던 깃발처럼
쓸쓸히 따라오던 엄마의 음성
괜찮다. 나는 괜찮다
바쁘게 살다보니
다시 만날 날은 또 얼마나 아득한가
시간은 날마다 작아지고 있는데
어머니

보라의 환각

홍진숙

거꾸로 세상을 바라보고 싶을 때
문득 나를 끌어당기던
깊은 고립의 골짜기들
모두가 보랏빛 세상이 되었을 때
시차의 낯설음에 흔들렸지만
마침내 나는 안정이 되었고
또 안도 되고 있었음을
탈색된 사막을 새롭게 일으키는
푸른 잎들처럼
나를 꿈꾸게 하는
어쩔 수 없이 난 보라가 좋다

길들여진다는 것

홍진숙

그가 미워
그를 밀어냈다
그가 떠났다
그가 빠져나간 큰 웅덩이
아
이건 뭐지
그가 남긴 구심점 언저리에서
길을 잃고 말았다

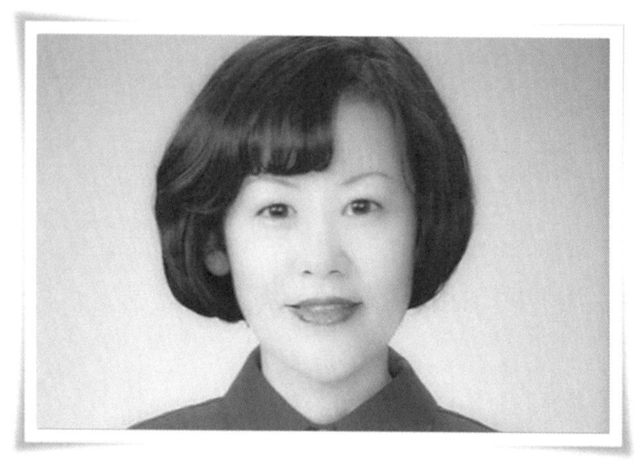

시인 황유성

(주)유성 대표이사

대한문학세계 시 부문 등단
(사)창작문학예술인협의회 회원
대한문인협회 서울인천지회 정회원 / 사무국장

<수상>
2016년 금주의 시 선정
2016년 순우리말 글짓기 공모전 동상
2016년 현대시를 대표하는 명인명시 특선시인선 선정
2016년 올해의 시인상

<공저>
명인명시 특선시인선

중도(中道)를 걷다

황유성

영육이 합일된 인간은
정신만 추구하면 빈하고
물질만 추구하면 천하다

금슬의 줄은
너무 팽팽하면 탁하고
너무 느슨하면 약하다

알맞은 긴장이
맑고 고운 소리를 만드나니
인간의 정신과 물질의 조화가
금슬의 조화와 같아라

영육 간의 조화로운 삶으로
우주의 메아리를 아름답게 해주는
언어 천사여

깊고 푸른 바다를 향해
강변 사이를 유유히 흐르는
사랑의 강물이 되어라

금은화의 사랑

황유성

운명처럼 찾아온 사랑의
질긴 밧줄에 묶이어
둘이 한 몸이 되었다

여자이면서
여자의 길을 걷지 못하는
모순적 사랑이여

설한풍을 뚫고 병든 반쪽에게
피 같은 사랑으로 자양분을 공급하며
꽃피워내기까지
제 몸 상한 줄을 몰랐구나

얼마나 고통을 견뎌내야 봄이 올까
한 서린 깊은 숨
헌신하고 인내했던 세월만큼이나
곱게 핀 금은화여

사랑은 아파도 아름답고
사랑은 무거워도 아름다운 짐
사랑으로 피었다가 사랑으로 질지어다

제목 : 금은화의 사랑
시낭송 : 박영애
스마트폰으로 QR 코드를 스캔하면
시낭송을 감상할 수 있습니다.

겨울 호수

황유성

늘 걷던 공원의 호수가
꽁꽁 얼어
영상의 기온 속에서도
조금도 풀릴 줄을 모릅니다

가끔씩 비추는
얕은 겨울 햇살에도
호수는 스스로를 다독여
애써 해동하려 하지만

어김없이 혹한의 바람이 불어와
아픔을 주니
쌓이고 쌓인 아픔이
하얗게 언 얼음판의 두께가 되고

이제는 따사로운 햇살마저 두려워
두꺼운 얼음판 밑으로 숨어버린 심장
봄은 멀게만 느껴지고
현실은 언제나 춥기만 해

지금 호수는
꽁꽁 언 마음을 녹여줄 수 있는
따뜻한 배려심과
사려 깊은 사랑이 필요한가 봅니다

제목 : 겨울 호수
시낭송 : 김락호
스마트폰으로 QR 코드를 스캔하면
시낭송을 감상할 수 있습니다.

난타공연

황유성

절망을 난타하라
한계를 부수어라

망중한에 만난 퓨전난타공연
삶을 휘감고 있는 긴장의 끈을 풀고
시혼을 일깨우는 리듬과 비트
멋진 퍼포먼스와 함께 호흡하면서
무아경에 빠져든다

둥둥 따다다닥
지축을 흔드는 난타 소리
한이 부서지는 소리
우주 밖으로 튀어나가는
고뇌의 파편 파편들

통쾌한 카타르시스로
막혔던 혈관이 뚫리고
삼백예순날 앓던 꿈이
다시 힘차게 박동한다

이제 새로운 인생의 화려한 서막이 올랐으니
희극 무대의 주인공 되어
인생 역전 드라마를
멋지게 펼쳐나가야 하지 않겠는가

제목 : 난타공연
시낭송 : 박영애
스마트폰으로 QR 코드를 스캔하면 시낭송을 감상할 수 있습니다.

레드 와인

황유성

힘드냐
외로우냐

야윈 어깨에
커다란 고독을 둘러메고
치열한 싸움터를
누비는 여전사여
네 모습을 바라만 봐도
내 눈물이 강을 이루는구나

힘들어 마라
외로워 마라

내 너의
붉은 입술과 부드러운 속살을
뜨겁게 애무하여
거친 호흡으로 한 몸이 되리니
멀티 오르가슴 속에
힘듦도 외로움도
한순간에 사라지리라

기쁠 때나 슬플 때나
늘 변함없이 네 곁을 지켜주는
나는 너의 영원한 사랑

제목 : 레드 와인
시낭송 : 최명자
스마트폰으로 QR 코드를 스캔하면
시낭송을 감상할 수 있습니다.

대한문인협회 서울인천지회 동인문집

들꽃처럼

제 3 집

초판 1쇄 : 2017년 10월 16일

지 은 이 : 김정희 외 50인

가혜자 곽종철 길상용 김기월 김만석 김명시 김 문 김선옥 김연식 김영길 김영일 김영환 김정애 김진희 김혜정 김희영 도성희 류중석 문익호 박광현 박정재 박진표 백성섭 서수정 성경자 안복식 여남은 오석주 오승한 이광섭 이명옥 이민숙 이석형 이옥순 이유리 이은성 임미숙 장미례 장선희 장용순 장해숙 전응석 정설연 정지향 조미경 최윤희 최정원 한인수 홍진숙 황유성

엮 은 이 : 김락호

디자인 편집 : 이은희

기 획 : 시음사

인 쇄 : 청룡

연 락 처 : 1899-1341

홈페이지 주소 : www.poemmusic.net

E-Mail : poemarts@hanmail.net

정가 : 15,000원

ISBN : 979-11-86373-91-0